七月既望

青 岩 著

百花洲文艺出版社
BAIHUAZHOU LITERATURE AND ART PRESS

图书在版编目（CIP）数据

七月既望 / 青岩著. -- 南昌：百花洲文艺出版社，2021.11

ISBN 978-7-5500-4451-7

Ⅰ.①七… Ⅱ.①青… Ⅲ.①散文集 – 中国 – 当代 Ⅳ.①I267

中国版本图书馆 CIP 数据核字(2021)第 215932 号

七月既望

QIYUE JIWANG

青 岩 / 著

出 版 人	章华荣
责任编辑	郝玮刚　蔡央扬
封面设计	肖景然
书籍装帧	兰 芬
制 作	书香力扬
出版发行	百花洲文艺出版社
社 址	南昌市红谷滩区世贸路 898 号博能中心 A 座 20 楼
邮 编	330038
经 销	全国新华书店
印 刷	苏州彩易达包装制品有限公司
开 本	880mm×1230mm　1/32　　　印张　7.5
版 次	2021 年 11 月第 1 版第 1 次印刷
字 数	175 千字
书 号	ISBN 978-7-5500-4451-7
定 价	48.00 元

赣版权登字　05-2021-401

网址　http://www.bhzwy.com

图书若有印装错误，影响阅读，可向承印厂联系调换。

散文的原色

耿 立

　　散文的路径，向来是两端，轻和重。一是往上，就如刘亮程所说把地上的事往天上聊，对着虚空在说话，对着不曾有在说话，对着一个荒在说话。这样的说话就是散文在说话。散文可以把地上的沉重放下，悠然对天言说；在地上跺一脚，尘土纷纷往天上飘。这是散文。

　　但散文也不能排斥重，我们要警惕生活的重被人转换成文字的时候，变成了一种轻，把沉重如山变成一根鸿毛，滑过真相，顾左右而言他，不触及我们的真实，在痛苦面前闭眼。青岩走的散文路子，是偏于重的，这是我欣赏的，这样的文字是贴在大地，贴在海岛的。这样的文字有根基，不撒谎，在她的文字里看到洞头的生活的原色——看到父亲不忍眼睁睁地看着老厝瓦片四散，房屋沦陷；写婶子患了绝症，拉着青岩的手说："如果婶子没生这个病，也能存下些钱，给你买件大棉衣。"

　　我阅读的时候，看重的就是这样的细节。1970年，索尔仁尼琴因无法前往斯德哥尔摩领取诺贝尔文学奖，对外发表了演说词。他的演讲词里有一句：一句真话能比整个世界的分量还重。而散文写作在当下，首先面对的也是自己内心的真实，敢不敢说出真相。苏珊·桑塔格在耶路撒冷奖受奖演说《文字的良心》里面有一部分讲到所谓的正义与真相的问题，认为正义可能压制或压抑真相，这对我们的散文创作，有巨大的启示意义。

由于中学语文教育的影响，人们心中的散文，都是那种轻的诗意的抒情的，那种虚空似的美文，好像美文之外，再无散文。所以，长此以往，人们更多地把散文视为一种从生活中往天上聊的美文文体，于是散文在品质上好像天然与所谓的诗意和抒情结缘，变成了一种阅读的轻，生活的轻，变成一种轻审美、闲适、把玩、松弛、矫情、虚饰……似乎作家写散文就是那种虚空美文。写景啊，修辞啊，给世界给人生罩上了一层轻纱。心灵鸡汤文和闲适散文的助力使得当下的很多散文，处处以超脱、休闲为先。就如南宋的诗人所写的"只把平生，闲吟闲咏，谱作棹歌声"。

虚空的美文多了，泛滥了，就有一种作秀的感觉，仿佛故意用修辞遮蔽——这是一种伪诗意。苦难是否是诗意？灾难，真实，那种"被诗意"的书写是否是一种伪善？肮脏、心酸、无奈，是否可以被诗意整除？那种远方，那种生活在别处，遮蔽了向下的在场的眼睛，导致伪诗意的泛滥。

我想说若美文远离生活真相，就抵达不了生活的深处。这样的散文不是介入生活，而是旁观生活，是神州袖手人；这样的散文不关注留守的儿童、失独的家庭、空巢的老人；这些散文的笔下没有拆迁、没有雾霾、没有厂矿与水泥。他们不写实，他们写意，这样的散文，没有痛感，也没有痛点。人们阅读的时候，是甜里有酸，是一种轻审美。无论是文字，还是对材料的处理，即使写点悲剧，也是哀而不怨。

在阅读青岩散文的时候，除开她的某些文字的轻逸，我看重的是她的那种偏于重的文字。在《"饭饭"之谈》里，我觉得，这段文字，才是接触生活之真。青岩写她的出生，那是二十世纪九十年代初，那仍是一个重男轻女的年代。

青岩写道：

父亲为我的出生，并未感到一丝的喜悦。正因为母亲生的是个女孩，她在家族中似乎不受待见，被邻里乡亲瞧不起。出院那天，除了母亲娘家的人，来接院的寥寥无几，母亲将我包裹严实，默默地回了乡村。

母亲从未对我说过她如何度过被轻蔑的岁月，只忆起刚出生的我特别地难养，身躯弱小，才有五斤之重，个头如一只娇小的猫儿。母亲从未为别人的轻视而将我疏于照顾，反而那时的母亲脑海里只有想着如何将我抚养长大，再也顾不上其他。

稍有过去乡下生活的人就知道，在某些地域，生一个女孩，那母亲和女孩在某个时间段所承受的偏见和压力，是那样令人窒息。

我喜欢青岩的《老厝故事》，这是写外婆的。这座老房子，像一处驿站，而孩子以最快的速度长大成人，背起行囊陆陆续续地离开。

而老母亲（外婆）又重新回到了这座老房子，是子女背进来的。在身子硬朗、神志清晰的时候离开老屋，如今回来，已是老弱多病、意识模糊了。在这座老房子里，"老母亲已经不能自己翻身了，数日来滴水未进，只能喝一些并不那么浓稠的米汤。这些发白了的米汤，就像是年轻时母亲的乳汁，也是那么一口一口喂进孩子的嘴里。"

在这篇文章中，青岩用假设的语气：

我猜想，这位老母亲肯定是假装病倒，假装滴水未进，假装不会翻身，假装尿失禁，假装……

她是想得到子女的陪伴是吗？如若不是，谁会以这样的方式，让孩子们回到她的身边。为什么要假装呢？因为这漫长的年月里，她期盼子女的到来，期盼儿孙绕膝的天伦之乐。可是，她却盼来了满头白发，满口稀落了的牙齿。腿脚开始僵硬，瞳孔开始黯淡无光，直到手再也抬不起来。

果真，她的假装，得到了子女的回应。

但她必须假装到底，她怕打破这得来的不易，她怕孩子们顷刻间又会离她而去。她继续假装不会说话，假装不会翻身，假装尿失禁，等着孩子们为她喂水进饭，盖被翻身，甚至是擦身换尿片。

看到这样的叙写，我想到了我读的晚年卧病的母亲，只有在母亲病的时候，子女才聚到母亲的身边，而这种病，母亲是假装的，她会好起来吗？

外婆回到老房子的第三天便"走"了，但这里青岩压住自己的笔，来了一句闲笔："门口的桃树上开出了第一朵桃花，淡淡的嫣红。"

外婆安葬后，又回到了老房子——回来的是她的肖像。

青岩写她的外婆，是写最后的日子，是写——易失去的陪伴，这种陪伴，是以她的"假装"得来的。平时她不会占用孩子们的时间，但她"假装"病了，她多么不想用病来拴住孩子，却又无可奈何。

其实生活中很多母亲，都是在假装中把日子填满：有好吃的食物，假装自己不喜，只是看着孩子吃；有病的时候，能扛则扛，假装身体康健；面对生活之恶，假装自己的强大。这假装里，你能看透多少母亲的坚韧付出？

青岩的文字不飘，她的文字接通地气，接通海岛和日常。其实日常最难写出味道，日常最易被人忘记，大家都记得诗和远方，往往把日常当作苟且。其实，对大多数人来说，谁不苟且地生存？如果散文不表现这苟且，不表现这种生存，而是扭曲和虚化现实，如美文一味诗意，一味远方——便陷入虚无，而忘记大多数人都是在生活中挣扎。他们没有诗和远方，他们只有眼前的苟且，这才是真实的人生，这也应该是散文家和散文应该关注的地带。

我以为一味诗意的散文，就是对生活之重的背叛。我不反对轻逸的散文，生活的重，需要轻逸作为一个出口，需要人的出神，也需要审美，但你不能以审美为借口，忘掉我们脚下的土地。

我还记得上大学的时候，读过秦兆阳的一部小说，好像是《大地》，具体的情节忘记了，前面的题诗却印象深刻，里面有这样的话：

最应该记住的最易忘记，
谁记得母乳的甜美滋味。
最应该感激的最易忘记，
谁诚心亲吻过亲爱的土地。
用这样的话，送给青岩，作为散文的序。

耿立　辛丑谷雨于珠海白沙河畔

图一　作者临写赵孟頫书法《赤壁赋》节选

图二 作者临写赵孟頫书法《后赤壁赋》全篇

图三　作者临写赵孟頫书法《赤壁赋》全篇

目录
CONTENTS

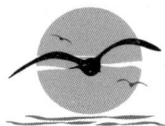

辑一　望海潮

守望梅花礁　　　　　　　　　／　002

大门春韵　　　　　　　　　　／　006

岩海山居　　　　　　　　　　／　014

一朵山野之花　　　　　　　　／　020

山村夜行　　　　　　　　　　／　025

灵昆白鹭　　　　　　　　　　／　030

海岛的香樟树　　　　　　　　／　031

隔头，隔头　　　　　　　　　／　036

遇见小洱海　　　　　　　　　／　039

青山重影　　　　　　　　　　／　043

辑二　渔歌子

拾瓦记 / 050

垂钓者趣 / 056

老厝故事 / 060

梦觉故人影 / 068

飞鹤，栖于夏花 / 074

"海霞"姑娘 / 079

泼出去的水 / 090

我的"骑士"同学 / 092

失明中的光明 / 096

忆旧年 / 102

辑三　渔家傲

地瓜藤 / 108

行走的沙蟹 / 114

"饭饭"之谈 / 119

海蜇之汛 / 123

鱼生 / 127

牡蛎 / 130

土灶咸饭 / 133

米线饭 / 139

藤壶古巷 / 143

辑四　浪淘沙

浴火之船 / 154

一盏鸭规灯 / 158

至朴海陶 / 163

把盏渔家灯火 / 169

渔人码头 / 174

白马古道 / 178

螺钿 / 185

渔乡海雾 / 189

蘸海作画的渔家人 / 195

民谣小调 / 199

造船人 / 204

后　记

大鱼与大愚 / 215

辑一

望海潮

守望梅花礁

我曾多次，站在墨贼尾的海岸上，静待梅花礁上的一场日落。

在这之前，梅花礁其实并不称作"梅花礁"，而叫作"牛粪礁"，而"牛粪礁"据说是观音大士的坐骑——圣牛的粪土幻化而成。小时候，常听父亲提起这片岛礁的奇特，确似在海中央的一坨牛粪小山。原本天真地以为"牛粪礁"里养着百来头牛，牛粪熏天，因此而得名。当然，名称之意也是根据后人的臆想杜撰而成，像与不像，其实也并非那么重要。但如今为何"牛粪"会化作"梅花"，相差如此之大呢？我也是很久之后才得以重新认识。

一次，一位外岛的朋友饶有兴趣地问我："听说你们那里有一座很美的岛礁，叫作梅花礁，我们什么时候去看看日落。"话语刚落，一时间我竟茫无所知，反倒向这位朋友打听起"梅花礁"的消息来，在朋友模糊的介绍以及生疏的比画中我方才明白，原来外界人口中的"梅花礁"就是"牛粪礁"，除了名称上的改变，其他别无两样。

为了探秘"牛粪礁"华丽的转身，我回到村里，多次奔走在墨贼尾。外界人只知道隔头村的尽头有一处梅花礁，因其自然的岛礁风光风靡一时，时有游人前来探景观日落。实际上梅花礁的浅海域，就位于蚻埠厂村隔海 100 米的海面上，与白迭村接壤，用洞头本地方言音译，又叫"白迭尾"，与白迭自然村属同一片海域，村志上署名为墨贼尾，整座礁石因形似梅花而得名。大约在 20 世纪 50 年代，解放军入驻墨贼尾，整个墨贼尾阵地及梅花礁周围的海域成了军事重地。

1952 年 1 月 15 日，洞头全境彻底解放，大量人民解放军进驻洞头，解放军在山尾、墨贼尾、梅花礁浅海域驻扎，1960 年先由驻岛部队开建一条由隔头到梅花礁的军用道路，作为运载军民物资（备战用）的通道，共 1.949 里程。据说 1949 年前，隔头到梅花礁本没有路，只能翻山越岭。解放军当时历尽数月才完成这条道路的开辟，虽然是土路，却也非常结实，突遇暴雨时，土路也不会过于泥泞，村里人行走也无碍。听蚻埠厂村里的前辈说，当时敌军未退，隔头等地被敌军占领，百姓们不敢在此建村筑房，最后终于等来了解放，敌军散去，解放军驻守在隔头的各个山头，百姓们才能放下心来在此建村安居。

1972 年，驻隔头部队营部撤走，当时牛宇清已升任团长，最后一个连队于 1986 年撤防。与部队的情谊，村民们至今念念不忘。据说部队驻守墨贼尾营地期间，与蚻埠厂村的村民如同一家亲。村民农作繁忙时，解放军们会到村里帮助村民一起干农活，村民们也会像亲人一样待他们。闲暇时，村民也会为解放军们送去粮食、生活用品，帮助他们洗衣服，做饭，军民之情如鱼得水，其乐融融。

站在墨贼尾海岸，眺望蚻埠厂自然村的山形，我们可以发现这座山颇有些奇特，其形恰似一头牛将"舌头"伸入海里饮水。相传是观音菩萨被圣牛的慈悲之心所感动，继而将圣牛化作一座牛形山，守护着这片海与村庄。山与梅花礁相对，而圣牛好饮东海之水，观音菩萨就使牛头伸入海里，让圣牛也能饱饮龙泉，而观世音菩萨的圣鞋印也一直陪伴在圣牛的身旁。这故事传说的色彩浓烈也无从考证，历经几百年的风化，倒也成了民间"非遗"的一块瑰宝。

从地质上来说，梅花礁属于基岩岛，出露的岩石多为天然的花岗岩。其礁构造独特，由大大小小数百块光怪陆离的石头垒叠而成。不仅如此，连同墨贼尾岸边的礁石，质地也像火山岩一般，密布着细微的小孔，从远处看，颇有梅花盛开在礁石上的既视感。我与朋友下到了沙石滩，用手触摸着这些奇特的礁石，朋友打趣道："梅花礁来源于圣牛秽物的传说实有些不雅，待我扭转这传说的乾坤。"说完，朋友故作沉思，瞬时间灵光乍现，"我觉得，梅花礁应是哪路神仙某日饮醉路过此地，遗墨于这东海的礁石上，礁石便开出了绚丽的梅花。故人们称之为'梅花礁'。"这些形似于梅花的痕迹，雕琢在石壁上，即使千疮百孔，倒也还原了大自然的本身。

墨贼尾的炮阵地隧道及周边的营房由当年驻岛部队建造，现如今保存完好。一位即将退休的小学教师，是我同村的长辈，具有浓厚的家乡情怀。一次周末，受其邀约，回老家看看，借此去墨贼尾曾经的营地走走。营房外的墙壁历经六十几年的变化大都满目疮痍，听这位长辈说起解放军撤走之后的数年内，这里的房子仍然保存完好，但自打村里将营房租给了一个商人之后，这里便用来进行鱼粉加工，经过长期的人为破坏及环境污染，营房被挖建得狼藉不堪，有些惋惜。营房里已经非常陈旧，白色的墙体早已严重泛黄，几扇老旧的木窗风骨残存，玻璃大都已经被大风刮落粉碎在地上。失去了玻璃的遮挡，房内被侵蚀得体无完肤。透过这扇木窗，看见窗外的夹竹桃在风中摇曳，于初秋的黄昏里绽放得愈发红艳。

走出营房，正好赶上梅花礁的日落。夕阳照在这片波光粼粼的海域上，如同在海面上镀上一层铂金。红霞布满了梅花礁海域的天空，耳畔里时而响起呜咽的海风，万顷波涛激起乳白色的浪花，偶尔向岛上被风化的礁石倾诉。海鸥扑动着洁白的羽翼，在海面上一跃而起，飞向绚烂的晚霞，如同投身于火焰中的凤凰涅槃重生。

平日里很少有人去岛礁，村子里的人没有，就连当了半辈子渔民的父亲也从未进过。这座沉寂了几十年的孤岛，是父亲大半辈子的航海坐标。温暖的灯光在无尽的黑夜里照射着清冷的大海，当过往的船只缓缓地驶过梅花礁浅海域，无论是突遇急骤的大风暴雨，还是落入茫茫的云雾之间，岛礁上突兀而孤立的灯塔，都如同海的卫士，用那坚定且温柔的塔灯，为前行的航海人指引方向。

守望，是灯塔的使命。然而守望，却也成了我无尽的乡愁。

大门春韵

　　阳春三月，大门的油菜花田里吹来一阵花香，引得百岛文艺志愿者们齐齐追寻着那道芬芳，远赴大门岛采风。

　　去大门，通常走的是水路，需乘车到元觉码头，再由元觉码头到大门的潭头码头。驶向大门的轮渡，我坐过几次，有时是因为出差，有时是赴朋友之约，但次数却也是屈指可数。每次坐上这种大型的轮渡，总是不安于坐在客座上，喜欢站在船头，抑或行至船尾，站在甲板上，倚靠在船边，任凭迎面吹来的海风，撩乱满头发丝。看着船只渐渐地驶离海岸，在苍茫的海平面上行驶着，只身在山海之间，如踏浪而行。岸上的房屋、树木，及行人直至渐渐模糊不清了。平静无澜的海面上，开辟出一条无形的水路，直激起层层叠叠的浪花，似乎在推促着船只快速前行。望着跳跃的浪花出神，突然间耳畔就响起了一阵嘹亮的汽笛声，船只向岸上靠拢，我们的目的地潭头码头到了。

　　一到潭头码头，车辆便开始向大门的各个村庄驰骋前进。透过车窗，西浪村的山路上不断地掠过喜庆的红灯笼。年过已久，山间余留的这一抹喜庆的红，与农田里葱茏的作物相映着，四周一片春意盎然之景，实在是相衬极了。车子停靠在路旁，此处恰好有一座聚贤亭，在亭内放眼望去，满山遍野的油菜花沐浴在春风中，金黄璀璨的花色给人一种人间烂漫的幸福之感。叠加上远处缓慢行驶的货船，云雾缭绕的山峰，油菜花在风中摇曳，油然而生一种迷蒙的美，颇有诗人王步霄笔下的诗句"海外桃源别有天，此间小住亦神仙"的情境。

文艺志愿者们提议去小荆山爬山。几年前，我曾随朋友去爬过一次，小荆山三面环山，一面临海，地处于大门岛的西南侧。一行人便从小荆村出发，从东面的绿道开始往大门山脊游步道方向徒步，这条四通八达的游步道与龟岩森林公园的木栈道相连接，可一睹龟岩的"神龟"奇石。游步道上砌着整齐的木栈道，蜿蜒而曲折，这条山脊，贯穿着连绵起伏的山峰，接连着大门的清福寺、龟岩、解放军岩、兔岩、烽火台、仙龟岩、老鼠岩、海豚岩、大象岩等多处景点。站在矮山岗平台，山脚下凸起的小山峰化分为三隆，像龙爪一般。随行的庄老师调侃，"我们像站在龙脊之上，可谓登高望远，俯瞰周遭呀。"

由于山脊的千岩万壑，层峦叠嶂，行至半山腰，众人已是气喘吁吁，遂摘下口罩，畅然呼吸。听着山涧鸟鸣，清脆嘹亮，一簇簇满山红顿时在山间鲜活了起来，这种山里的野花，嫣红而自然盛开，带着一缕淡淡的美。倚靠在栈道的围栏边，俯视大门的城镇景观，房屋变得渺小了，来往的车辆如一颗沙，放眼望去，轻薄的迷雾在小岛上飘浮，在春日里散尽了雾霭苍茫，一幅世外的田园山水画册随之铺展开来。

遗憾的是，在杨梅田村的路口，我们便下了游步道，龟岩此去甚远，体力消耗过半，难免有些望而却步，便随车回到酒店歇息，一路上旖旎的风光由远渐近，在眼前变得真实了起来。酒店的房间有一扇透明的落地窗，频频将窗外油菜花的姿色传来，引得我忍不住驻守在窗前观看，望着这一把打开大门春天的钥匙，点亮了大门金色的春天，同时也打开了我的心扉，我不禁感叹，赏花需及时呀！

　　来到楼下这片诗意的栖息地，行走在花海间，明亮的花影在春风里荡漾，涌起了一阵阵金色的涟漪。蝴蝶丛飞，微醺的醉意，晕开了春天的娇柔与妩媚。"芳草池塘处处佳，竹篱茅屋野人家。清明过了桃花尽，颇觉春容属菜花。"清明未至，桃花摇曳枝头，独领风骚。桃花若凋零，能代表春容的或许只有油菜花了，这是宋代诗人王之道在《春日书事》一诗中对油菜花的写照。油菜花虽平凡可见，却未曾与百花争春，那自始至终的，始终如一的花色，让人一眼就能辨别，那股朝气蓬勃的黄色，仿佛是备受太阳的宠爱，才得以将这样的色泽沉淀在薄薄的花瓣上。

　　静逸的村庄开始在月色的笼罩下变得清朗起来，春风徐徐，隔着一层薄薄的雾气，草丛间，知了开始吱吱吱地唱起了小夜曲。饭后，与几位朋友在柏油路上散步，道路两旁是夜幕下的油菜花田。月光里，散发着迷幻而清幽的柔软，芳香悄悄地穿过油菜花田的罅隙，撒了一地澄明又干净的细碎。迷蒙的月色让人产生梦幻般的错觉，不禁想起了那关于油菜花的美丽传说：

　　传说，在很久很久以前，罗平有一个英俊勇敢的后生叫阿鲁，他以砍柴为生。一日，阿鲁砍柴归来时，忽见少女跌落河中。阿鲁不顾一切地跳入急流中，将少女救起。少女为报答阿鲁的救命之恩，愿意以身相许。阿鲁考虑到家里很穷，便婉言谢绝了少女。少女如实相告本来是天宫的仙女，因为留恋人间美景，便偷偷下凡。见阿鲁勤劳善良，便喜欢上了阿鲁。为了不让少女跟着自己忍冻挨饿，阿鲁再次谢绝了少女的好意。少女回天宫之后，取来了天上的星星。她让阿鲁把星星种在土里，告诉阿鲁等到来年地里开满小黄花，人们过上快乐富足生活的时候再到小河边去找她。第二年春天，山坡上开满了漫山遍野的小黄花，这些小黄花便是油菜花。这年，他们有了个好收成，这些小黄花让阿鲁和他的乡亲从此过上了快乐富足的生活！次年，小黄花又盛开了，阿鲁用小黄花做的花轿到河旁将少女娶进了门，从此他们便一起过上了幸福的生活……

在浪漫的神话故事笼罩下，油菜花是坚定不移的爱情与勤劳的象征。那是星星的碎片幻化而成的光芒，是大门村民勤劳致富凝聚的汗水。春日的夜晚，在大门就是这样，就连空气里都弥漫着花香的味道。路边细微昏黄的灯光映在水洼里，油菜花的倒影像极了揉碎了的星星的光芒。夜晚，枕着花香入梦，是多少（方言，多么）奢侈的事呀。

二

2014年3月，是我第一次去大门，奔着赏花而去，而这年正好是大门第六届油菜花节。每年立春过后，正当春天的气息开始酝酿着从泥地里迸发而出的时候，大门的油菜花田里就悄然地开出了一朵鹅毛黄。这一簇淡淡的黄，就像是一把打开大门春天的金钥匙，刹那间，点亮了大门的整个春天。

当客船靠岸潭头码头，我就迫不及待地奔向花田。漫山遍野的油菜花如一片翻涌着金色波浪的花海向我奔腾而来，顷刻间将我淹没其中，望着那一片明亮的黄，真叫人心花怒放、神清气爽，我遂肆意在花海中游览。细密的花丛里，蜂蝶翩翩起舞，竞相追逐，好不快哉。但虽美好，却也不敢前去扰了虫儿们的清欢，怕讨不到好，被回馈一个蜂针大包，索性绕道赏花，为虫儿们让出一条道来。朋友觅得一朵好花，在花前摆态，拿出手机开始自拍，这样一来，许是扰了蜂儿们的清修，占用了它的花盘，惹得蜜蜂一直在头顶嗡嗡盘旋着。我挥手示意朋友离开，小蜜蜂忙不迭停在那朵油菜花上，竟也不叫了。我与朋友打趣道："如若还不识相离开，那只小蜜蜂可能会向你发起攻击，惹不好还会引来蜂群围攻呢。"朋友有些诧异，伸出双手表示无奈，对于喜欢自拍的摄影高手来说，哪能如此轻易妥协，只能是继续行走，寻找下一朵花呗。

漫步在花间的田埂上，花自喜笑颜开，人却随花摇摆，这景象，如人在花中，花在人眼眸里，就连瞳孔里的色泽，也顿时被这满目的金黄而渲染了。随行的朋友卸下了肩上的背包，就地搭起了帐篷，想借这里的黄金地段稍作小憩，再去一睹那趾高气扬的龟岩神龟。帐篷搭在油菜花田的一小片空地上，底下是一片干硬的泥土，可能是不久前被开垦过，因泥土里夹杂着细碎的小石子儿而被荒弃。坐在帐篷里，硌得屁股生疼。探出头去，棚外的油菜花纤细而高挑，错落之中，产生了花比山高的奇趣错觉。午休就宿在这油菜花田里，枕着花香起梦。

在小荆村的路口，偶遇一位衣衫褴褛的老伯，挑着两担地瓜，步伐缓慢，肩上的扁担压得他有些驼背。老伯得知我们要去龟岩，便热情为我们指明方向，随后又怕我们不理解他的手势，遂放下肩上的担子，用袖子抹了一下额头上的汗珠，上气不接下气地用温州话为我们解说："田间刚上来，刨了番薯，挑得有些累了，人老不中用了。"话语间稍作停顿，只见他深深地喘上一口气，露出不好意思的神情。在与老伯一番温州话、闽南话与普通话的交流比画中，我们终于明白了去往龟岩的路线，为了表达对老伯的感谢，朋友几人将担子挑到了老伯的家中，老人家淳朴的笑容与一路上清风摇曳的油菜花相随，灿烂极了。

那时，去龟岩走的还是小山路，曲折而崎岖。从小荆山景区出发，由泥泞的山路向上攀登，道路两旁杂草丛生，险要的路况让人颇有林中探险的感觉。一路上走走停停，一边得寻摸着方向，一边须得留心脚下细碎的山石，生怕一个脚滑就会滚到山脚下。带着惊险与刺激，不断攀高，每走一步，仿佛离天际又近了一些。就在大家疲惫不堪的时候，恍惚间，看见一撮白色的影子在草丛里蠕动，着实把我们吓了一跳。胆大的朋友逐步靠近，才发现是一只受了伤的白鸽，因为不慎跌落在草丛间，被杂草缠住了脚，而无法挣脱。又因其频繁扑动着翅膀，在草丛间挣扎许久，使得脚部有点轻微的擦伤。朋友将杂草从鸽子的脚部解开，轻轻地托起了鸽子："哇！一只洁白的大乳鸽。"另一位朋友应声呼道："晚上加餐，烤白乳鸽。"话音刚落，就招来了女同志的白眼，生来感性的她们提议将白鸽放飞，那位喊得最起劲儿的朋友突然间不语了，露出了一副我只是说说而已的表情。在放飞之前心地善良的朋友轻轻地捋顺了白鸽的羽毛，简单地处理一下它脚部的伤口，将其放在一棵低矮的松树上。白鸽极力拍打着它的翅膀，却也无法飞起来。一行人在此等待，想等白鸽飞走了再继续行走。过了许久，白鸽终于飞离了树枝，在我们的头顶盘旋着，扑动着强有力的翅膀，然后它停在一块巨大的岩石上，注视着我们，没有飞走。

黄昏下，不远处的神龟披着一抹淡淡的晚霞屹立在山巅上，仿佛在缓慢爬行。大家觉得赶上日落有望，加快步伐，赶往山顶。站在神龟腹下，太阳光渐渐地消失，由地面表层上升了一股寒凉，黄昏释放着朦胧而缠绵的暮色，萦绕在山峰的草木间，飘浮在这座浪漫的小岛上空。远处的村庄、马路、行人被笼罩在轻薄的雾霭之下，覆上神秘的色彩，那片金色的油菜花田，在黄昏下散发着星星般的光芒，点亮了静谧的夜晚。日沉西山，天色如淡墨倾洒，漫延至天际，神采奕奕的神龟，沉浸在夕阳的余温里入眠。

下山便显得轻松了许多，晚上露营在观音礁，夜晚枕着潮汐入眠，确也是人间乐事。帐篷搭好之时，天已经完全黑了，用过简单的晚饭，光脚在柔软的沙滩上来回行走，海水漫过脚踝，温柔相触。夜渐深，回帐篷准备休息，潮汐起伏，一夜辗转难眠，为如此静逸的夜晚而感到惧怕，脑海里回想起鬼怪之说，不禁冒出了冷汗。远处不断传来航海的声音，海浪翻涌剧烈，半睡半醒中，被朋友唤醒，潮水上涨了，需迁移帐篷的位置。黑夜中，将帐篷移至初心亭的廊道上，此时已无睡意，又听着亭下的潮水拍打着石柱，廊道上似乎随着波涛起伏，这一夜，我们仿佛在一艘渐行渐远的船上远行……

第二天清晨，一阵急促的大雨挥洒而下，虽是春天时节，却也是乍暖还寒，拉开帐篷，海风迎面袭来，不禁打了个冷战。乘车去潭头码头，坐早船返程。车子在雨中驰骋，倒冷清了周围的景色。车子经过昨日那片美丽的油菜花田，花色在雨中显得更加的锃亮了。春雨浸润了油菜花田里的嫩芽，传来了阵阵的泥土的清香，湿润的泥泞里探出了新枝，油菜花就从三月里香了出去。

在潭头码头，一艘大型的客船上，承载着归心似箭的返乡人，同时也承载着满怀期望的异乡人，他们四目相望，但却又各自眺望，彼此之间并不相识，也无过多的话语。但唯一相同的是，他们都打那个在春天里会遍地开满金色油菜花的浪漫之岛而来。

岩海山居

一

岩海之畔，听涛声澎湃。丘壑之地，以青山为居。

岩海山居，一处不愠不躁的渔海之乡，它有着一个奇特的村名——凸垄底。在洞头的村名中，有一个有趣的现象，既然有"底"必有"顶"，比如"东岙底"与"东岙顶"之类的，借以区分开来。凸垄即是如此，在山顶之上的是凸垄顶，青山脚下的便是凸垄底，皆隶属于隔头自然生态村的管辖。

从名称解析来看，此处或是渔海樵山之地，渔民入海打鱼，上山砍柴。枕山襟海，临山近水，故落以山为居，岛民们过着超然世外的海上桃源生活，生得一番悠然自得。在洞头大大小小的，但凡有人居住的岛屿，大都是如此。

我的先生是凸垄底的人，五年前，我曾随他回过一次老家，正赶上了村里首届新春联谊会。小孩儿们在院里嬉戏玩闹，笑声爽朗；青年们忙着张灯结彩，将彩旗挂在了古朴的石厝与石厝之间；长辈们则挑水担柴将房屋打扫亮堂，摘来山田里的蔬果，从码头买来新鲜的鱼蟹，生火做饭，其乐融融。在农村，大都保存着用土灶烹煮的方式，但也不乏用煤气灶的。房顶上的烟囱，最是乡村生活的写照，一缕炊烟袅袅升起，谁家米羹飘香——颇有陶渊明《归园田居》里的诗景："暧暧远人村，依依墟里烟"，蕴含着浓浓的人间烟火味儿。

这里的村民大多是勤勉之人，每到年前必将老房子修缮一新，屋里屋外收拾得清清爽爽。从山顶缓缓下至村里，可见乳白色的线条清晰地勾勒出老房子的轮廓，尽显虎皮石房的特色。在这之前，岩海山居民宿群还未建成的时候，通往外界的道路大都是高坡山路，村民需翻山越岭，爬到凸垄顶，再由凸垄顶到隔头站点乘坐城乡巴士。隔头村历来被称为"山头"，至今还保留着"山头顶"的称呼。由于山头僻壤，乡民生活简朴拮据，早年前便流传着一首民谣："有女切勿嫁山头，嫁到山头无出头，三顿薯签（地瓜丝）食不饱，四季衣衫打结球（补丁）"。海岛居民祖祖辈辈夜晚照明都是点菜油灯，到民国时期点煤油灯，最时髦的是煤油灯加个玻璃罩，称"鸭规灯"。有时还用上蜡烛，那时的蜡烛有白蜡烛和红蜡烛之分，一直延续到1970年代初部队发电，至1986年隔头全村通电。

行到老厝的时候，迎面走来一位老人，穿着体面的中山装，满头白发如春雪染成，他见有客来，紧迈了几步，热情相迎。

"麦，你回来了，旁边是你的老婆吧?"老人一只手搭在我先生的肩上，布满褶皱的手背透出几分老迈的沧桑感，另一只手颤抖着从口袋里拿出一包双喜牌香烟，用焦黄的指头从皱巴巴的烟盒里抽出一根，递给了我的先生。

"是啊，阿呗，你的身体可好?"先生接过老人手中的烟，随后双手围拢为老人点燃他叼在嘴上的香烟。

"还好、还好，只是今年刚戒了酒，血压高了，喝不得了。"老人一脸无奈，但随着刚吐出的烟圈又渐渐舒展了神情。

农村的前庭大都比较宽敞，门口随意摆放着几张塑料椅子，邻里乡亲相互串门，男人们抽着烟，打着扑克，燃尽的烟灰不时被抖落在水泥地上，被风四处吹散。唯有在此时，他们才会将一年在外的疲惫暂时忘却，将身心安放在了日夜思念的故乡。女人们从头到脚梳洗打扮了一番，穿上了大红棉布衣，面若桃花地或簇拥在墙角一边或依靠在洗衣池旁闲话家常，手中不断地织着日日见长的孩子的毛衣，手腕上挽着一个小竹篮，竹篮里盛放着五色的毛线球，手中的棒针越织越快，篮中的毛线球越来越小，等毛线织完了，女人们开始散去。

洞头的老厝，大多建于清末民初，外墙选用石头砌成。据说这些石头大都是在本山开采的裸石，色泽斑斓，自然淳朴。老厝的石块几十年如一日，从色彩斑驳、规格不一的"虎皮墙"，到有棱有角、规规整整的四方墙，直至用大块石头砌就的"九十墙"，石头与洞头的厝不离不弃。旧时光里的掠影，定格了老厝黑白相间的色调，古朴自然，诉说着海岛人民的奋斗历史，也凝结着缱绻不去的乡愁。

二

随着环岛公路的通车，岩海山居民宿群仿佛在一夜之间迅速崛起。如平静无澜的海面上腾空而起的海市蜃楼，映现出前所未有的繁华的盛景，茸茸草绿，袅袅炊烟，远处缓缓行驶的船舶、岛屿与楼台尽在眼前。顷刻间又因浪涌翻腾，在迷雾中又消逝得无影无踪，如梦如幻。

沿着岩海山居的栈道拾级而上，石缝间倾泻而出的汩汩清泉汇聚成细小的清流，从山崖上垂落，流淌在杂草与山岩之间。储水盈满时，水流湍急如飞瀑般地飞跃山岩，从崖间滑落，如白雪飞舞，好不壮观。栈道两旁由山石堆砌而成，草木蔓延，四季苍翠。明艳的三角梅在岩石旁悄然盛开，清丽的花影倒映在澄澈的山泉之中，如游弋的锦鲤在急湍里穿梭。乖戾的海风偶尔将枝头的花朵摘下，掷进水流中，花朵随着倾泻的山泉被流放到了山脚下，静置在岩石缝里，继而"生根发芽"。

曲折的栈道，让人步履沉重，爬上一两级木阶，小腿肚就有些酸麻，索性就站在栈道的半山腰眺望。青山隐隐中的山海，被浓郁的水墨蓝所覆盖，自然轻盈地着上一层靛青，使得海天一线更为壮阔。远处重峦叠嶂的群山，仿佛漂浮在海面上，由远至近，由近至远，如一座座移动的漂流的岛屿。

走近村口，率先映入眼帘的是碧波荡漾的生态水库，水库不大，正处于村子的前方。我倚在水库的栏杆上凝视，试图寻找着水中的鱼儿，目光追随着荡起的圈。正当要寻到鱼儿的踪迹时，飞来了两只戏水的鸭子打破了原本平静的水面，这些水鸭子们肆意地在水中扑腾着，欢快地呼朋引伴。时而将短小的脖颈埋入水里，浮出水面时颤然抖抖全身，甩掉沾在羽毛上的湿漉漉的水珠，晃晃悠悠地走到岸边。人们常称不会游泳的人为"旱鸭子"，而我正也是这"旱鸭子"中的一只，身居海岛二十余年，却怎么也学不会游泳，有恐水的毛病。

绕过水库，打从一片树荫底下穿过，颇具特色的民宿排排坐落，整齐划一。这些隐藏在山里的田园山居，依然保留着虎皮石房的痕迹。石屋前绿草成茵，角角落落精致的装饰可谓是别出心裁，的确是费了一番心思的。石屋还是原来的石屋，只不过门窗皆已焕然一新，增加了现代化的元素，使石厝显得更加精神。最吸人眼球的，要属楼上的独立阳台了，夏日的傍晚，坐在阳台上喝茶赏景，借风乘凉最是恰到好处。

在石厝间徘徊，流连于山居小道，田埂上新开垦的农田散发着泥土的清新，水库旁的泳池聚集了不少的人，沙滩椅、太阳伞，确是戏水的好去处。但对于"旱鸭子"来说只能望而却步，瞧上一眼，便慌忙离开了。沿着石厝的栈道，半山腰有一处观景平台，能广视周围的大海。这里新建了一个泳池，比石厝前的泳池大上许多，依山而建，在此俯瞰海景，视域非常广泛，海天一色，一览无余，让人心旷神怡。

家里的老房子也被改装成民宿租了出去，这些名唤石韵、石语、石沧、石友、石怡、石润、石闲、石望、石云的民宿，在原生态的石厝里注入了新的生命，但却不改石头房的韵味。石屋门口围砌着小栅栏，植被繁茂，是一处精美小巧的庭院。走进屋内，田园风情的原木色家具，既简约淳朴，又不失品位。雅致的装饰画，与屋内的陈设相呼应。站在露天阳台上，望着在小道上行走的旅人，有的踽踽独行，有的三五成群，对面的山间传来了鸟鸣啁啾的声音，婉转悦耳。过了半晌，泳池边上的人开始散去，回到石厝里。或许，在这里能洗去一身的疲倦，忘记尘世的纷扰，暂且学一学陶公"采菊东篱下"的超然脱俗。

夜晚的岩海山居，充满了神秘的感觉，虫鸣声嘶，月明星稀，但却灯光如昼。房檐上的灯大都在黄昏已经亮起，栈道两旁的霓虹灯，如一条冗长的龙脊，在黑夜里发散着柔和的光芒。山

居里的夜几许清冷，静谧的周围如一座空山，

　　回忆起白日里的山景，青山鸟鸣、蜿蜒栈道、繁花似锦，脑海里浮现了"空山鸟语兮，人与白云栖"的意境，倘若心无挂念，生活在此也是一大乐事。

　　山居有山，岩海有海，山海相连，别有洞天。

一朵山野之花

暮春三月，蜒埠厂村的青山上开满了馥郁芳香的杜鹃花，渐次渲染了苍翠的山岩。最是那簇望之不尽的嫣红，恰似子规鸟啼尽心血滴在山石上幻化而成的，绵延着红遍了整个山头。

走在乡间的小路上，三月里，乡村的空气弥漫着浓烈的山野气息，海风捎来淡淡的咸和着泥土湿润的芳草香，一并沉浮在了这片淳朴的土地上空。村子里的鸟鸣声如群山初绽的新绿，层次分明地延伸开来，与海风、炊烟共同勾勒出乡村清秀的眉眼。

院前一棵巨大的朴树上开始结着小小的朴籽儿，在春风里微微摇曳，如一颗颗落入玉盘的翡翠琉璃珠，清透而莹亮，不时引来贪嘴的鸟儿啄了食去。不但这些鸟儿贪食，孩童时的我也喜欢摘食。朴籽成熟之后，颜色就由青绿变成了金黄，散发着一种诱人的色泽。塞进嘴里咀嚼一番之后，一股酸涩的果汁硬生生地麻痹了舌尖上的味蕾，呸呸呸，立马吐了去。在那时，乡野的孩子脑海中并无中毒的概念，只有父母口中所说的不可食用的"哑巴籽"，吃了就会变成哑巴，以此告诫不可随意乱吃山上的野果子。为了不变成哑巴，只能循规蹈矩，避开这些"致哑"的山果。

并非山上所有的野果子都不能吃，我所知道的野金橘、野树莓、胡颓子、金樱子、野山楂、南烛都是药用价值非常高的野果子。在儿时，我对"南烛"印象非常深刻，在20世纪90年代里零食极少的时候，南烛作为山上可食用的野果子之一，可是非常之抢手。粉紫的果实，像极了姑娘家的粉黛烟熏，晕染得恰到好处，浑然天成的玲珑剔透，成熟了的南烛黝黑中透着幽紫，与山上的"哑巴籽"有些相像，安能辨别？但从小在农村长成的孩子，已是练就了一对火眼金睛，辨认野果的能力炉火纯青，甚至哪棵树在哪座山上哪块石头边的具体位置也是摸得一清二楚。

在洞头，只有极少数的人认得出这南烛。南烛叶又称乌饭叶，用它捣成汁混入米饭中，巧用这天然的着色剂，将生米粒儿染成蓝色，再经文火炊透煮熟便成了乌饭，其味道清香可口，是江南地带独具特色的美食。据说每年的农历四月初八，新宁县苗、瑶、侗族人均设有"乌饭节"以纪念先祖，还有些地方，在每年的寒食节也有吃乌饭的习俗。

我本寻思着上山采南烛，却被杂草迷了眼。索性在杂草堆里席地而坐，出其不意地被道路两旁的粘人草（鬼针草）盯上，不知不觉中就中了这些细小的"暗器"，裤脚上沾满了细短的黑针，它们出奇地黏人，我无奈之下起身在路边寻块石头坐下，将细针一一拔下。儿时喜欢恶作剧，时常将这些鬼针草果荚丢在玩伴的身上，看着对方落荒而逃，最是引以为乐，沾沾自喜，殊不知粘人草确实黏人，非得平下心来摘半天，若是火急火燎的人，可得恼火上了。

巡山归来时，在儿时的书桌前小坐片刻，翻阅小学时期字迹工整的作业本，时光穿梭，一恍仿若隔世，从未如此安定地端坐在书桌前，以前没有，现在的可能更是微乎其微了。阳光悄然而入，细微的罅隙在指缝间跳跃，推开陈旧的木门，沉积在门楣上的灰尘簌簌而落。门上的插销已是锈迹斑斑，非得使上一番牛劲儿才能打开。站在满是裂痕的阳台上，只身眺望不远处的大海。站得久了，看得远了，腿脚有些麻木，视觉被清风撩动的几根电线缆搅模糊了，生出几番重影。确是如此，人在忘我出神的时候，耳朵是关闭着的，眼睛也是看不见的，一味沉浸在过去的遐想之中，将自己桎梏于密封的空间里，暂时将所有放下，放空身心，快速地回想着曾经与过往。这种感觉仿佛是在孤海泛舟，浮浮沉沉，身心衰竭，几许疲惫。

不知何时，海岸上建起了一湾避风港，站在堤坝上，可以看见不远处的梅花礁。这座岛礁因形似梅花而得名，村里的人称之为"牛粪礁"，而我从未去过这座岛礁。但每每站在岸上眺望，却清晰可见礁上那一座航标灯塔，在夜里闪着灯光。每当夕阳西下，海鸥盘旋在海面上，洁白的翅膀仿佛擦过梅花礁上空的彩霞，它于刹那间化作一只火焰鸟，在霞光中浴火重生。最终红日从灯塔处落下，仿佛那里才是夕阳最终的栖息地，云浪翻涌，直至夕阳沉入海底，染红了整片海域。讨海之人划着船桨缓缓归来，知了开始声嘶力竭地卖唱，乡村被一片月色笼罩着，石头厝里一盏暗淡的白炽灯映射着昏黄的灯影。

蜇埠厂人大多靠海为生，叔伯一辈子讨海捕鱼，放网、收网夜以继日，有时也须夙夜不眠，睡不上安稳觉。海上的生活着实艰苦，但大多数的渔民都磨炼出了坚忍的性子。冬夜里，鸡鸣声未起，顶着严寒起早捕鱼、卖鱼，平日里织网、补网总得到深夜里。岛上的生活，苦中带一点甜，在这不受外界纷扰的世外田园里，能有着满仓鱼虾，温饱无忧，却也是被上天眷顾了的。

春回大地之时，当潮水退去，海田渐渐舒展了僵硬的脊背，海泥上探出了许多生物在蠕动爬行。下海之人早在海泥里来回穿梭，划着洞头俗称的"土跳子"进行着海上作业，他们驰骋在海面上，以脚为船桨，时而飞快，时而缓慢，仿若在追逐着太阳与海风赛跑。

耕海为生，通常是海岛人的一种生活方式。棕褐色的海田，犹如父辈几代人的肤色，黝黑而深沉，被日晒的海土表层干裂而映着波光，形成一条深邃而光亮的沟渠。时光开掘的旧纹，刻印在沧桑的脸庞、布满老茧的双手上，是耕海之人的全部生命。

一缕蓝光，从天际生起，让我于混沌中重见光明。幻影般的幽蓝之光，将浓云驱散。我寻觅着它乘风而去的身影，却失了它的踪迹。直到，我在一座硕大的风车旋叶里，看到一些烟雾袅娜地升腾而出，在半空中又化作了浓云。浓云将蓝光吞噬，蓝光却又在明暗之中迸裂而出。

山顶上的风力发电站是多年前入驻的，遍布在蜇埠厂村的山顶上以及与之毗邻的白迭村、风吹岙村。天蓝时，风车便与蓝天相映成景，成为了一道独特的景致，清风将那一抹天之蓝吹进行人的眼眸里，时有游人来此观看风车，隔头风车阵地一时名声大噪，游人络绎不绝。对于居住在山脚下的村民而言，一开始就像是噩梦的到来，完全被风叶运转的嘈杂声吵到不能入眠，每到夜里，风叶卖力地迎风旋转，呼呼作响，仿佛呜咽的声音从远方的传来，让人毛骨悚然。直到很久之后，村里人开始适应了这道嘈杂的声音。这些伫立在山顶上的风车如守护村庄的战士，与山村融为一体，村民们开始习惯枕着风声入眠。

这座满眼望去葱茏寂静的山野乡村，在二十多年来，拂我以清风，哺我以乳汁，教我以人道。当毗邻的乡村逐渐褪去陈旧的容貌，崭露头角，焕然一新的时候，我挚爱的这片土地还在沉睡当中，酝酿着一如当年清醇慈柔的母爱，温逸而朴实。那片封存完好的田园之梦，裸露着一颗不改颜色的赤子之心。

如果，世间存有一种微妙的，割舍不断的，又道之不尽的情感，那或许就是归属感。是风车对清风的向往，向日葵对太阳真挚的热爱，大树对土地深沉的依赖，是游子对于故土深沉的眷恋。

山村夜行

元旦假期里，阳光明媚，天气极好，与姑姑相约回老家。

姑姑，并非我的亲姑姑，她是老家的长辈，一名刚退休的小学语文教师，半年前，我们得以认识，一见便觉得十分投缘。

虽有暖阳拂照，但暖中却有几许萧瑟的寒冷，冻手也冻脚，索性将脖颈缩进衣领里，将冻得酱红的双手揣进衣兜里。在冬日里难能见到如此明媚的阳光，趁着天气清朗，我们决意徒步行走回去老家。虽无须跋山涉水，但一个来回也足有十几公里远，徒步需要脚力，这对于平日里时有运动的我来说不在话下。一时兴起，说走就走，朝向布满阳光的方向走去。

时值下午三点十五分，从大长坑出发往沙呑方向走去，平坦的环岛公路修缮得愈发宽敞，道路两旁设置了步行道，在阳光的照射下，步行道上的清漆显得油光水润，十分光亮。

与姑姑相挽着手臂，一路上畅所欲言。

姑姑是个文化人，将青春皆奉献给了教育事业。她总说，自己十分喜欢孩子，觉得与学生非常有缘，即使是调皮捣蛋的学生，到了她的班级，也会变得十分乖巧。或许，正是因为善解人意与包容，她才能走进学生的内心。

行到岩海山居，外围的海风似乎将温暖的阳光吹得稀薄了，冬天的冷意顿时显得十分强烈，让人止不住打战。竖起毛领，谨小慎微地呼吸，以减少冷气的吸入。过了岩海山居便是沙呑村，老家几个毗邻的村庄，我都比较熟悉。六七岁那年，父亲出海捕鱼，因为沙呑有处避风港，可停泊数十艘的船只，父亲渔船归来时，都将船只泊在沙呑的避风港。这样一来，母亲便时常要到沙呑底补渔网，两头奔波，后来一坐就是到黑夜里，没有时间吃上一口热饭。每当月黑风高之时，不见母亲回来，心里想着母亲正为补渔网的事忙得脱不开身，我便煮好了面，盛放在不锈钢的杯子里，拿着矿灯独自走上去往沙呑的乡村小路。面对黑夜的恐惧，令我胆怯的步伐迈得愈发生硬，后来，干脆就在山头上停止不动了，因为黑夜已将小路淹没，伸手不见五指，一棵摇晃的树影都可以将我击退。

　　家里有几盏矿灯，是父亲黑夜里外出照明用的，矿灯的形状像极了洒水壶，常常被我拿来把玩。只记得矿灯的储电量极大，停电时，也能长时间借以照明，看小人书也不亦乐乎。矿灯的小灯珠是可以更换的，有时候细小的灯丝断裂，矿灯就不能正常使用，我便会主动请缨为矿灯换上小灯珠，且为此扬扬得意。

　　在 20 世纪 90 年代里，穷乡僻壤的山村还用不起保温杯，外出劳作时，为了节省时间，常常中午不回来吃饭，带上一大杯的食粮，就是一整天的饮食，蹲在田埂上随意凑合。直到我上了小学，父辈那个年代的隔头小学早已搬迁，所以，隔头村的孩子要远赴九仙小学读书。光车程就得半个多小时，再从隔头村徒步回到蜇埠厂村，也得二十几分钟，一来二去花在路上的时间就得一个小时。母亲见来回不便，想着即使家里再拮据，也不能苦了孩子。便在镇里为我买了一个保温桶，那时候保温桶刚流行起来。记得母亲将保温桶买回来那天，我兴奋不已，忍不住摸了又摸。第二天上学时，母亲便早早地起床，为我准备饭菜，盛放进保温桶里让我带到学校。待到中午的时候，我就在学校吃饭。再后来，这个保温桶被我遗失，学校里也开始有了食堂，可以带上铁饭盒，放在食堂的蒸炉里蒸饭。一把生米，一颗咸鸭蛋，配点母亲炒的腌萝卜干，运气好时，还能有一根火腿肠外加一个琵琶腿，那已经是非常好的伙食了。

沙呑半山有条小路通往老家的岔口，而我已完全忘却了这条十几年未走的"捷径"，因为自从平坦的环岛公路通车之后，以车代步，谁还愿意走那条崎岖的山间小路呢。姑姑指着水泥台阶的方向，我俩扶持着拾级而上，蜿蜒的山路两旁长满了山花野草，还有那野火烧不尽，春风吹又生的芒草。打从细长的芒叶旁经过，锋利的叶片有如刀子一般，可要避开着点。走到山路的斜坡，阳光被一片薄雾所遮挡，寒风让水泥路变得更加生硬，走上几步，气喘吁吁。掩衣迎风而上，快到山头时，就能看见一座庙宇，庄严而神圣。这座庙名为"太阴宫"，村里人土话称为"沙呑庙"，沙呑庙里香火鼎盛，常有信徒来膜拜。小时候逢年过节，"沙呑庙"里便有戏班子来此唱戏，父母亲常背着我去看戏。我只觉得戏曲的腔调好听，至于唱了些什么就从没听懂过。

爬到山头，就已到了通往老家的分岔路口了，虽有不胜脚力之感，但也勉强能坚持。前些日子回乡时，道路两旁还长满了野草，足有一人之高，不向前迈进，乍一看像座无人村，今日看来，野草被割刈得干净利落，眼见道路变得开阔起来。此条"捷径"确实快，往前走去就到达山尾。山尾在早年本无人居住，是南京解放军重要军事基地，后来洞头解放，解放军陆续撤走，当地的老百姓就搬迁到山尾在此生根落户，如今已传了几代人。寻着碎石块砌成的小山路往石头房方向走去，周边还遗留几座坚不可摧的军房。

姑姑说："解放军的房子确实非常坚固，几十年过去了，依然完好无恙，保留了下来。"

站在山尾的岭头，就能俯瞰蚕埠厂与白迭村共有的海域。海面上潮水涌动，船只荡漾着，漂浮着。对岸的山顶上，白色的风车笔直地站立着，借着风力不停地转动，发力发电，一刻也不停歇。

下到村里已经是傍晚时分了，冬天的夜黑得很快，在山岭上时，太阳还高挂在山头，等下到了村子里，夕阳瞬时间就沉落了。村里的主干路已经竣工，宽大的水泥路通到了家门口，我们不胜喜悦。

在村子里漫步片刻，见天色已不早，我们便趁着几分逐步暗降的光亮匆匆离去，不再逗留。这个点上，已经没有可以乘坐的城乡巴士，所以只能原路徒步返回。

寂静的山村之夜有几分萧瑟与清冷，路过林草间的清风惊扰了鞋边的微尘。凉风钻进脖颈，背后一阵发凉。一路行走，寒风缥缈，树影招摇，草丛里穿行的小蜥蜴都可以吓人一跳。我是不擅长走夜路的，脑海里总会臆想虚无的事物，或许没有人天生就擅长走夜路，但姑姑例外。黑夜总是带给人无限的遐想，甚至更多无限的恐惧，这个恐惧就源于内心。哪怕嘴上说不信鬼神，内心也无法说服自己。姑姑看出我的神情有些慌张，紧紧握住我的双手，她说："我小时候就是个胆大的人，黑夜里穿行，从来都不恐惧。"但"恐惧"对于大多数人而言，都是存在的，只有孰轻孰重之分。

　　姑姑平日里诚心礼佛，相信有所庇佑。她称让人心恐惧的虚拟的东西为"外界众生"，只要人心向善，即使偶遇"外界众生"，它们也都会避让到一边，双手合十表示敬畏。她示意我放宽心。

　　此次山村夜行，心中余留的恐惧使我有所顾虑，暗暗下定决心再也不走夜路了。但每当想起夜空上璀璨的繁星，感觉还是不枉此行，颇有所得。人往往害怕黑暗，害怕黑暗里一切未知的事情，有人选择在黑暗里穿行，有人选择退却，正因为每个人的选择不同，所遇见的也有所不同。璀璨的繁星就在最深最黑的夜里，遇见一次，便可毕生难忘。

灵昆白鹭

在灵昆的一片水域，一群白色的身影，掠过长满青草的水岸旁。

我猜想那可能是白鹭，姿态优雅从容。它们伫立在长满水草的岸边，三五成群，碧绿的湖水倒映着它们孤独而清寂的身影，如洁白的玉兰花，淡淡地绽放芳泽，独立而美艳。

这些白鹭，长着人人艳羡的大长腿，丝毫不惧这无边际的水域。

黄昏中，它们将头埋进了水里，触摸夕阳的余温，随着一声婉转的鸣叫声，一行白鹭飞向了黄昏的天空中，如火焰鸟一般展开了火红的羽翼。

海岛的香樟树

人间四月，海岛的香樟树流动着苍翠的新绿，射到路人的眼眸里。瞳孔瞬时被一团绿荫所填满，让人仿佛置身在绿野仙踪的境遇里。春日的阳光到了午后，渐渐地变得浓烈而透明，薄纱似的光芒偶尔栖息在香樟叶里，一袭慵懒的春风，乖戾地翻动着叶片，将其朝向它所可能去达的地方。道路两旁传来汽车嘈杂的声音，有人暂且将车停泊在此，扬长而去，绿叶为每一个打从树下路过的人，投下了一颤又一颤的影子。

春季的海岛，被席卷而来的绿荫所覆盖，迷人的新绿，使人沉醉在这万物复苏的悸动里。四月海岛香樟香，在洞头大大小小的道路旁，多见成排的香樟树苍翠挺拔。为何香樟会在洞头广泛种植——大概是因为海岛肥沃的土壤和充沛的阳光，为香樟树的生长提供了很好的条件，以及香樟树本身顽强的生命力。虽然此树不是绝佳的观赏绿植，也没有秀色可餐的颜值。但绝对是吸烟滞尘、涵养水源、固土防沙和美化环境的能手。香樟树冠大荫浓，树姿雄伟，是城市绿化的绿植首选。再者，香樟树四季常青，常开不败，枝叶破裂散发香气，能有一定的驱除蚊虫的作用，可谓是良树之用也。

我喜欢香樟树，除了它四季常青的枝叶，还有树干之间隐约中所散发的香味。这种气味清新脱俗，雅而静，如空谷幽兰，又似桂子飘香，让人由内而外地感受到来自大自然的气息。它自带着净化的力量，可以扫除心尘，排出肺里的浊气，身心皆可安然。香樟树的枝干大都道劲而粗壮，年久一点的，须得两三人手臂相牵，才能牢牢地环抱住它的腰身。新树纤细而高挑，就像楚女的细腰，曲线玲珑，婀娜多姿。紧密的枝权纵横交错在一起，树叶虽密密麻麻，但却疏盈有度，倒也不显得拥挤。

　　阳春三月，香樟树上的叶芽儿在春雨的点润下喜笑颜开，逐渐舒展了嫩叶。小小的叶片轻薄而脆弱，被四周的老叶庇护着。这些清晰的叶脉抬头可见，无时无刻不在为枝叶的蓬勃生机输送着养分。待到四月里，红褐色的叶子大都已经掉落，刚长出的嫩叶与一般树叶并无两样，而那些成熟了的老叶，也光荣地完成了自己的使命，完成了生命更替的自然规律。细心的人不难发现，四季常青的香樟在春季里频繁落叶，冬季里更为繁茂。新老叶子更替非常谦和及默契，在和煦的春风里，香樟树就完成了一次蜕变。此时，挨近树下，你会发现它的枝头开出了细小的花儿，白绿中带有一点鹅毛黄，俨然一看，这些花儿并非并蒂盛开或是三两朵散落在枝头，而是被串在了一起，如一枝摇曳的铜铃，在和风细雨之下，悄然绽放。这些淡黄色的小花被密密匝匝地串在一起，与粗粝的枝干相较却毫无违和感。小花藏匿在绿叶之中，绿叶则细致地掩映着，鹅毛黄与青绿并存，形成了一抹清新的黄绿色，让人见了心旷神怡，顿时有了一种治愈的感觉。

　　一日下班途中，经过一棵香樟树下。一阵清风徐来，将树上的花絮带落，这些细小的花絮洋洋洒洒，不偏不倚地落入了我的发梢。用手取下，放置在手心里，手指瞬时被黄绿色的色泽所浸染，轻轻一捻，细碎的花粉吸附在指尖上，一阵淡淡的清香扑鼻而来，这种温和的香气掳掠了我的嗅觉，让人心花怒放。自此偶遇，我便偏爱了香樟花的香味，然而当我去搜寻各种花香制品，百花皆可入味，却唯独香樟花没有。搜寻无果，跃入眼帘的，只有防霉除臭，驱虫防潮的樟脑丸。

谁人都知樟脑丸的气味浓烈刺鼻，无论如何也不会将其与香樟树相提并论，再加上清新淡雅的香樟花，让人有种意识上的错觉。但不可否认的是樟脑丸其中的成分的确就是从樟树的枝叶中提炼出的。对于樟脑丸的印象，我是非常深刻的。在农村老家，从我记事起，家里的衣柜里已经开始置放樟脑丸了，据说可以除臭防霉。在海岛的回南天，发霉确是让人懊恼，樟脑丸就像救星一般进到了每户人家的衣橱里。由于气味难闻，又怕年幼无知的孩子充当了糖果误食，母亲将它包在了粗糙的厕纸里，厕纸当然是没有使用过的，取来一两张，撕成几小张，将一颗颗洁白无瑕的樟脑丸像包汤圆一样包进纸张里，再塞到衣柜的各个角落，或夹在衣层口袋里。所以，在童年的记忆里，身上穿的衣服通常都有一股浓浓的樟脑丸味儿，挥之不去。每年的端午时节，樟脑丸更是备受追捧。端午节那天，照洞头的风俗，素来有佩戴香囊的习惯，这个香囊通常是由母亲用毛线亲手编的，呈网状，中间放上一颗樟脑丸，用小别针别在孩子的胸前或手臂的衣服上，以达到驱除蚊虫的效果。这样的小香囊从小佩戴到大，直到后来，传出了樟脑丸是有毒性的，因为其主要成分是萘酚，它具有强烈的挥发性。当人们穿上放置过樟脑丸的衣服后，萘酚可以通过皮肤进入血液，它能引起人体中毒症状。再后来，家里就果断将这个习惯革除了，现在也鲜少有看到其他的孩子身上佩戴包着樟脑丸的香囊了，如果有见到，也得善心地提醒一下。

在古代江南地区，樟树与楠树、梓树、桐树并称为"江南四君子"。樟木的直径较大、材幅宽，花纹细腻自然形成，木性稳定不易开裂，适合做箱子。在古代的苏州城，樟木箱也叫作"女儿箱"，是女子出嫁必备的嫁妆。香樟木整树有香气，木质细密，纹理细腻，能散发出特殊的浓郁的香气，并且经久不衰。据说，谁家如果生的是女孩子，就在房前屋后栽上几棵樟木树苗，等待女儿长大了，出落得亭亭玉立，就伐了樟木树，放在阴凉处阴干后，请木匠师傅做成两口香樟木箱，先不上油漆，等女孩有了意中的郎君，确定上花轿的大吉日，才把那白坯的木箱子重新打磨、上漆、雕刻上花纹，给女儿装衣物，并放入丝绸等物品作为嫁妆，取"两厢厮守（两箱丝绸）"之意。在樟木箱里放上一对红檀的龙凤雕如意，箱子四角放红枣、花生、桂圆、莲子，寓意"早生贵子"。除此之外，在古人的日常生活中，樟木箱也常用来存储书画、珍贵书籍、地契与银票等，能起到防虫防蛀，驱霉隔潮等作用。

在洞头白迭艺术村民宿群，有一座古朴的虎皮石房民宿，取名为"香樟小屋"。屋舍旁栽种着几棵香樟树，风来的时候，樟树上散发着香樟花的清香，是一处天然的森林氧吧。四月里春意正浓，独坐于香樟树下，便有了最为诗意的小憩。香樟花的香韵由鼻腔传送到全身心，感受到几分振奋，几分释然。张开五指贴于树皮上，轻轻触碰着粗糙的干纹，一只鸟儿从枝头飞过，颤动了樟树上的叶子，树底下的光影也随之晃动了起来。

斑驳的光影，突然让我想起作家三毛曾经说过："如果有来生，要做一棵树，站成永恒，没有悲欢的姿势。一半在尘土里安详，一半在风里飞扬，一半洒落阴凉，一半沐浴阳光。非常沉默非常骄傲，从不依靠从不寻找。"

海岛的香樟树，这一站或许就成了永恒。

隔头，　隔头

隔头村位于洞头岛的西部沿海。东面的凸垄自然村与小长坑村的小长坑、小长坑顶两个自然村交界；东南面为浅海港湾，出沙呑鼻头，跨过一条海道连接小瞿岛，与中瞿、大瞿两个岛屿毗连；西为蚕埠厂自然村及突出部的墨贼尾、梅花礁浅海域，与白迭村接壤；北面的白迭岭头自然村和后面山自然村与九仙村的小文呑自然村、东郊村的尾坑自然村、大长坑村的鹿坑自然村相接。总面积 2.03 平方公里。

隔头自然村的由来，据老一辈人相传：明末清初，倭寇作乱浙南沿海，洞头海岛常遭海盗劫掠，当时居住在"沙呑顶"的郭氏村民中，有一位名叫"蕃茹伯"的人在带领十八名弟子（学拳的徒弟）与入侵的海盗（或许是倭寇）交战时，英勇献身，因其头颅不存，朝廷钦赐百两黄金，铸造一个"金头"配上，并加封"圣王"。村以此得名"假头"，后闽南方言音谐衍为"隔头"。蕃茹伯就是隔头村最早的名人。为缅怀这位可歌可泣的先辈，郭温林在拜谒呑仔口"圣王庙"时，撰写了联对："丹心报国，勇抛头颅杀寇酋；忠义拯民，甘洒热血报乡人。"可惜现在庙、联均不存。

1952 年 1 月 15 日，洞头全境彻底解放，人民解放军大量进驻洞头，隔头沙呑村为驻防重地，某部一营全部驻防沙呑村，营部和通讯连驻在隔头，高炮连驻在蜅埠厂和山尾，"762炮连"驻在鼻仔尾。脚桶石和凸垄顶、白迭岭头和尾坑分别驻两个步兵连。驻军驻防的地方，都建了营房，现在这些营房都基本保存着。二十世纪五六十年代是备战时期，军民联防，军地备战演练，民兵军训搞得十分红火，同时挖坑道也紧张地进行。

如今隔头的紫竹林，是隔头小学的前身，隔头小学创办于1952年。为了让隔头村周边的村民子女能够上学受教育，1987年借用部队营房作为五年级两个班教室。当时，一营营长牛宇清是三级战斗英雄，他把军地工作搞得很出色，除搞好军民联防，专派军干支持联络地方工作外，还特地组建了一个"军民文艺宣传队"，队员大多为地方男女民兵，其中有北呑的彭麻松、打水鞍的林梅莲等。当时正处于"阶级教育，忆苦思甜"时期，按牛营长的工作计划，结合宣教要求，自编节目，通过排练，然后到各连队和联防区做宣传演出。在部队战士们喜欢打篮球的影响下，隔头自然村七八个青年跟着学会了打篮球，每天晚饭后，军地双方进行对决，每逢节日，便组织比赛。球场四周站满看热闹的人，军民无比融洽，凡地方有人发生小伤小病，都找营部卫生员诊治。

从隔头小学出发，这条贯穿着白迭自然村与沙呑自然村的路途径山尾、蜅埠厂，道路的尽头就是墨贼尾、梅花礁浅海域。蜅埠厂自然村靠海，西向有一个突出的小鼻头，小鼻内是一个小海湾，涨潮时为港呑，落潮时成涂滩，是浅近海小作业船进进出出很理想的停泊场所。据传，昔时洞头本岛海域盛产海蜇，尤其是从三盘港、状元呑青山门往西南延伸至霓屿南到大瞿这一带海面，每年夏末深秋季节，海蜇旺发。捕海蜇的渔民和贩卖海蜇的商贩，一致看好把蜇埠厂这个地方作为加工交易海蜇的中转站，便在这里建埠头、挖地窟（把鲜海蜇切头，分别把头、身放进窟里，然后撒上明矾，称"矾蜇"）。同时搭建加工用的棚屋，即为"厂"或称房子，因海蜇生产和交易很是红火，盛极一时，就把原先叫作湾仔内的小村改名为蜇埠厂。

蜇埠厂的"山涧竹泉"，亦有200多年历史，村民的日常用水，全部靠大贡山脚下的流泉引入竹筒接到家中。1950年代，由驻岛部队建构的水井有隔头自然村营部所在地3口大水井，其中1口为矿井，2口低栏水井，至今保存完好，常年保持使用。

梅花礁与墨贼尾炮阵地隧道——梅花礁又名"牛屎礁"，位于蜇埠厂隔海100米的海面上，其礁构造独特，由大大小小数百块光怪陆离的石头垒叠而成；炮阵地隧道及周边的营房由当年驻岛部队建造，保存完好，是一处"树木葱茏，冬暖夏凉，听涛垂钓，拾贝野趣"的好去处。

1972年，驻隔头部队营部撤走，当时牛宇清已升任团长，最后一个连队于1986年撤防。即使部队撤走，村民们至今念念不忘军民之情。

隔头的各个自然生态村庄多为高坡山地，村民在耕耘的同时，主要从事海上作业。在洞头岛进入跨越式发展年代，隔头村仍处于原始状态，自然生态完好，没有工业污染，没有车辆拥堵，民风古老淳朴，呈现出"水绿山青，石奇滩美，港深岙幽，庙古神灵"诸多特色。虽地方偏僻，却交通方便；虽民俗传统，却韵味无穷。可谓是"世外桃源出自然，远离尘嚣胜神仙，莫言海岛无佳境，隔头沙岙别有天"。

遇见小洱海

常年居住在海岛，总会遇见四处归港的渔船，在洒满落日霞光的海面上缓缓归来。船桅撑起了被海风吹得鼓鼓的帆布，一路向前，如同是胜利的旌旗，在诉说着大丰收的喜悦。海上无尽的故事，随着驶进避风港的船只，逐渐落下远航的帷幕。

这片海，如今看来是片不完整的海。它的航线被沙土所填埋，一条冗长的堤坝无情地割开了它广袤的身躯，阻断了它与对岸的海域。是的，这片大海已经被围垦、填埋。领域的缩小，使得它看起来并不大。虽被阻断、划分，但它仍然以一片汪洋的身份存在着，只不过从此没有渔船再从这里经过，潮涨潮落，它孤独而缄默。

众所周知，洞头是一处海岛，随处可见的是蔚蓝的大海。俗话说："海纳百川有容乃大"，为了一睹百川归海，每年都有络绎不绝的游人不远千里驱车前来。海岛的夏天，并不是很热，因为有清凉的海风。站在海岸上，或是下至海滩，都可以感受到迎面吹来的海风，一点点带走酷暑与炎热。来到岛上，可以赶海拾贝、浸足踏水，在沙滩上踱步来去，于礁石静心垂钓……漫不经心地消磨时光。夏天在洞头，确有太多可以做的事，去赴海岛盛夏里的一场约定吧。

在仲夏，黑夜很短，白日很长。夏日的清晨，天亮得很快，黑夜里醒来之后，便再无睡意，索性早起，四下里走走，呼吸新鲜空气。周末时，与朋友计划着在日出之前早起去行脚。为何要在日出之前？因为女性爱美，夏日阳光毒辣，足以荼毒女性的爱美之心，为了不被晒黑，只能在天微亮时起身。

行脚，是我们对于行走的驱力而取的名称，这个词语来源于行脚僧，为寻访名师，为自我修持而广游四方。行脚、行脚，当然是徒步行走，身旁没有过多的物品傍身，两袖清风，只待脚边过往的风尘，飘浮且又落下，去感受脚踏实地所带来的安稳与切实。行脚之前，须得做足功课，而非漫无目的地散走。由朋友事先策划好次日的行脚之地，经一行人决议之后，第二日便遵此路线执行。

天微亮，我们已经行走在路上，道路上仅有几辆车来往驰骋，而后，便是空荡的余音消散在半空中。这时，山间鸟鸣声此起彼伏地响起，随着急促的步伐，愈靠近山边，鸟鸣声越是透亮。从老城区出发，一路往小朴的方向行走着。天完全亮了之后，道路两旁的树木、楼房渐渐清晰了起来。清晨的草木，自带着露水的清香。夏季，虽然没有春季里的乱花渐欲迷人眼的景色，但绝对称得上草木葱茏、苍翠欲滴。

行到这片不完整的海，直觉告诉我，我是到过这片海的，不是驾于船上，而是切实地站在过这片曾经的沙滩。但是脑海里又无法想出太多的关于这里的印象，只记得每当阳光照射在这片沙滩的时候，沙粒上就如同被镀上一层金箔，闪亮到不行。这片海域是属于九仙村的，我的一位同窗好友是九仙的人，数年前曾随她到过这片沙滩。

这片海域虽然不大，但是海水却异常蔚蓝。这种蓝，像是水彩里流淌出来的，不造作，不刻意，让人看一眼就喜欢上。海水的颜色，层次分明，远处与山拼接的是一抹淡蓝，越是靠近，海水的颜色就越深，形成了一个唯美的渐变的视觉效果。

海岸上有一处缺口用木篱笆围着，篱笆外是一条人工塑成的泥路。朋友珍率先跨过篱笆，表示自己曾经走过这条泥路，还不止一次，没有风险。她是这片海域所管辖村的人，这里的风景，她最为熟悉。这条泥路并非由普通的泥堆砌而成，我猜想着可能是采用了海泥，从色泽上看，像极了深灰色的海泥，这是海岛人最为敏感的直觉。从散发的味道上，这条泥道散发着浓烈的、刺鼻的且沉淀已久的海鲜味儿，让人避之不及。

因为泥路在海的中间，时常被海水冲刷，使得泥面上有些险滑，每走一步都举步维艰。冒险让人神经紧绷，虽然不会有太大的危险，但是心理上的恐惧也足以让人望而却步。泥面上有些来来往往的脚印，以此判断，这并非一条人烟稀少的路，而是经常有人从此经过。被晒干的海泥裂出一条细微的缝隙，不仔细看，倒也看不出。

这条泥路不长，大约有十几米，中间有一处木头搭建的木台子，距离海面有一米之高。木台子下面由粗细不一的木棍支撑着，仔细看，木台子的直角与中间部位支撑点的棍子最为粗大，其余的用木板加固。从泥路上走到木台上，有些困难，因为对于生来恐高的人来说，最是难以跨越心理障碍。见我迟迟未动身，朋友看出了端倪，便开始伸出双手，示意我拉紧她的手，借以走在木台上。一开始，我是拒绝向前的，但是由于所处位置不上不下，只能硬着头皮向前迈了几小步，走到木台上，手脚开始有些哆嗦，这时的我只能蹲在地上，手脚触地，像极了一只狼狈的哈士奇。

为了减轻木台的承受力，朋友退回到了泥路上，寻思着为我寻找一个最佳的拍照的角度。我盘腿坐在木台上，缓冲心里的恐惧感。就在抬头的那一刻，我发现这片海真的是美极了。一时半会儿，我甚至找不到恰当的语词去形容它。直到后来，从我脑海里浮现出一个词，那就是洱海。随后，几人的小群也被更改了名字，叫作："遇见·小洱海"。

洱海的美是纯净、唯美、诗意的，尽管这是片不完整的大海，但在缺失了之后，还保有原生态的海洋的纯净，它是独特的，又是美丽的。它并非真正的洱海，但却同样有着令人窒息的美好。

返回到泥路上的时候，已没有之前的担忧了，而此时，太阳已经升得很高了，道路上来往的车辆开始变得密集，阳光照得眼睛都睁不开了。一行人的眼睛眯成了一条细缝，不时用手遮挡着阳光，缓缓在路边行走着，浑身的毛孔被打开，汗腺也开始分泌汗水。沿着路边的花圃徒步回家，清风袭来，凉意十足。

青山重影

山就是山，岛就是岛，山与岛相连，故成就青山岛。

青山岛是大门岛和元觉状元岛之间的一个无人岛，其形似海上神龟，神采奕奕。

——前言

山外青山，倚海之畔，岩礁奇峻，云霓之望。

说起"青山"二字，便觉得诗意绵延。唐有诗人杜荀鹤在《将归山逢友人》一诗中有云："白发多生矣，青山可住乎"，青山，在现代人的眼中，不仅是一个清新脱俗的词眼，更成了尘世间的一方净土。它是隐士解甲归田的桃源之居，是诗人温柔笔触中缠绵的思绪，是稚子眼中深沉的故土，更是画家眼中崇敬的山陵丘壑。青山，在宋朝诗人释绍昙笔下更有一番清朗之景："万叠青山，一溪流水。幽鸟绵蛮，烟萝锁翠。"从古至今，青山终不改颜色，葳蕤高耸，苍翠秀丽。它既能细腻温婉地填入诗词，亦可豪放不羁地挥毫入画，青山，是文人墨客共同的爱好。

对于青山岛的初识，是源于几次匆忙间的偶遇。那日去往元觉的路途中，灯杆上重新置换上醒目的广告幕，"青山岛"硕大的三个字跃入眼帘，使我着实一怔。洞头何时有座"青山岛"？岛在何处，何以去得？返程之后，一直思索着这座闻所未闻，见所未见的岛屿，青山之影频频在脑海中泛起，想着有朝一日，一定要上青山岛看看。

所幸在不久之后竟能得偿所愿，得以登岛一瞧青山真颜。我是个方位感较差的人，难分东西南北，此行与文艺志愿者们一同前往，也能一解心中迷失的顾虑。

午后随车到元觉码头，等待过海的船只，这座码头，我是比较熟悉的，多次往返在鹿西与大门岛之间，识得此处的上下船点。开往青山岛的客船与其他的船只有些不同，船体小巧而精致，客舱内的座椅不多，但却设置巧妙，能与好友面对面而座，便于交谈。或许是对于青山抱有遐想，以至于坐上开往青山岛的客船时，心中却有种即将进入世外桃源的感觉，憧憬拉近了未知的距离，船只在茫茫的海上行驶，转眼间，已临近青山岛海湾。

下了客船，抬头就能看见前方工地传来施工的声响，钢筋水泥架构，一座座建筑拔地而起，尘土飞扬的空气中，带着几分朦胧与神秘之感。这座沉寂已久的岛屿，青山之地，即将展现出她的温婉与蜕变。驻足在海畔上，欣赏着未来可期的青山岛之颜，心中不由赞叹。细观青山岛的全景图确像一只神龟匍匐在东海里，四肢健硕，头尾分明。悦海庄度假区全景图如同一幅太极图，阴为水，阳为地，以欧式的建筑物为分界线，呈现出一个颇具艺术感的"S"型，由外而内，整座山庄，被一片弧形的沙滩包裹在内，沙滩之态，颇有月亮湾的韵味。细沙漫漫，碧水湛蓝，高耸的椰树在光影之中摇曳着，枝叶相触在云端，沙滩上漫步的旅人，人影与树影交相辉映，在金黄的沙滩上拉长了身影。

洞头的沙滩，从未有过椰树，如若种植成功，势必会如同海南岛一般名声赫赫。

听说青山岛上有"十里沙滩"，每处沙滩都有其不同的特色。"十里"之名，运用得极为巧妙，"十里沙滩"或如数，抑或较十里更多也是大有可能的。青山岛多沙滩，沙海相接，尽显海岛风光。想到"十里沙滩"，我的脑海里便臆想到冯唐的那首风靡一时的《春》之诗："春水初生，春林初盛，春风十里，不如你。""十里"之美，来日可期。

有人提议到沙滩上走走，意图用脚步去丈量那十里沙滩。青山岛果然多沙滩，一行人在沙滩来回踱步，这处名为金沙滩的海滩，沙质细腻柔软，踩在上面，如同在棉花上行走，烙下了几行深浅不一的脚印。据说规划之中，还有一处七彩沙滩，以七色彩沙组成。虽然沙滩在洞头的海边随处可见，但七彩沙滩还是从未有过，彩虹的颜色意味着浪漫多彩，让质朴的原色沙滩增彩。青山岛的沙滩确有些不同，与青山相映，却带有几分青色。沙缝间的细流突破沙块径直流入海里，潮水涌动，继而将水流输送到了沙滩上，波光粼粼的海面上，有着蓝天与青山的重影，不远处还有几座石厝，缄默而孤立，但却已是无人居住的空房。

据《玉环厅志》记载，青山岛在清光绪六年（1880 年）曾称为重山，1985 年定名为青山，古称为"中届龟山"。不管青山也好，重山也罢，从古至今，这处世外桃源却鲜少被外界所知。早年前，青山岛石料丰富，自然天成。后来却被肆意开发，开采后的青山岛千疮百孔，生态被严重破坏，险些被动议为料场整岛出让。现如今青山岛也从一个有人居住的岛屿，成了一座无人居住的孤岛。

离开沙滩，一辆"灰头土脸"的巴士载着我们来到半山腰的妈祖庙，妈祖庙已经竣工，据说这是洞头建在海边最大的妈祖庙了。但凡居住在海岛的人，以打鱼为生的渔民大都信奉妈祖，在洞头每年都有"妈祖平安节"，祈求风调雨顺，保佑出海的渔船能够平平安安，满载而归。看到初见雏形的十二生肖放生台，大家忍不住移步下行，站在放生台的圆形观景台上，眺望广袤的大海。海水在放生台下涌动，波涛拍打着支撑着的石柱，我们宛在水中央。远处群山重峦叠嶂，阳光慵懒地乘着海风，在平静的波澜上泛起小舟。

据说天上有一个月亮，青山岛的紫云阁上也有一个月亮。一行人拾级而上，想一睹这个独特的月亮。沿着木栈道攀登，松柏在清风中摇曳。林间的山木大都已是光枝秃干，栈道还未完全建成，几处险要的地段须谨慎而行。虽是如此，但此行却似乎变得更加刻骨铭心。山间的栈道蜿蜒曲折，走走停停，停歇片刻，继而又迈腿前行，站在一处视野绝佳的观景台上，已近黄昏，夕阳以最缓慢的速度下沉，灿烂的余晖如同在海平面上开辟了一条霞晖之路，此路正巧指向对岸的青山，船舶在金晖里航行，行到青山前，仿佛进入了另一番世界。

夕阳越下沉，一行人越往上走，赶在日落之前，登上紫云阁。站在一段下坡的栈道，屹立在山顶之上的"月亮之冠"崭露头角，我们索性一鼓作气，不惜脚力，决意登顶观望，临近山巅，终于近距离见到这个"月亮"的真颜。这个名为"月亮之冠"的钢铁大圆球，屹立在青山之上，如同青山的头冠。夜幕降临的时候，散发出夺目的光芒，如同遗落在人间的明月，又仿佛是东海龙宫里的夜明珠，照射着青山岛的群山，光明而灿烂。

日落西山，浮云蔽日，天空中一团浓云吞噬了夕阳，顷刻间夕阳分裂了浓云，霞光万道，光芒四射。倚在栏杆上，举目眺望夕阳西下，夜幕笼罩下的青山开始沉寂。"翠箔风为卷，青山云半遮。怀人千里外，搔首夕阳斜。"青山被浮云遮挡了清秀之躯，山顶上的晚风袭来，伴有丝丝的凉意。落日，成了山间最后的光明。众好友一时兴起，在夜幕的光影中拍摄下了剪影，一条柔软的丝巾，在手中挥舞着，霞光透过薄纱，清风拾起靛青色的布角，肆意旋转、飞舞，顷刻间仿佛化身山间的彩蝶，翩然跃过青山之巅。

十里青山远，潮平路带沙。青山之隐，隐水迢迢。

青山岛的美，在于没有世俗的纷扰，没有车水马龙的喧嚣，左手大海，右手青山，捧起双手，手心即绽放出一轮明月之光。

辑二

渔歌子

拾瓦记

　　"老厝的瓦片又被台风刮落了。"父亲一大早从杭州发来了微信语音，焦急地告知了老房子的破损情况。每年"拾瓦"的次数，须得根据台风的频率而定。为了年久失修的乡村石厝，父亲竟不远几百里路从杭城回乡，年年如此，为的就是修缮祖宗留下的根基，那间他生活了大半辈子的老房子。

　　父亲那天是傍晚回来的，一到家忙不迭地告诉了我他已到家的消息，随后便开始周全地安排好次日回乡"拾瓦"的事项，动员全家老小一起前往。我是家中的长女，虽已出阁，但家中大小事务，父亲总会与我商量。

　　"拾瓦之事，看似小事，却也是大事，现在不修缮破损的房顶，等到梅雨季节，家里的房梁、地板怕是要腐烂光了，人啊，不能忘本。"

　　父辈大多忠厚、朴实，这个生养之地不能忘，更不能遗弃，尽管已有了良居，但老厝，是拼尽全力也要护住的。

　　次日早晨，待我回到老厝之时已是日上三竿，夏日里的暑气愈发燥热，父亲早已在屋顶上忙碌。与往年不同的是，地上起了一处银白色的移动架，正好与老厝的房顶齐平，询问了父亲，才知这是父亲费了九牛二虎之力运回乡的，专门为修房顶花大价钱买来的。父亲一脸自信骄傲地将搭建移动架的来龙去脉说与我听："从城里运回乡，花了七十五块钱车费，人家司机不肯，嫌弃这个架子太重，硬是要加价，我寻思着这房顶总要修缮，人家也是要混口饭吃，就只能答应了他的条件。"说这话时父亲正从屋顶下到移动架上慢慢地落至地面，我从城里买来了西瓜，正好解了夏日里的暑热，我剖开西瓜，随手切成了小块，递给父亲一块，父亲坐在门口的板凳上，大口吃起了西瓜。

父亲是从事建筑行业的，由于常年高空作业，皮肤暴露在太阳光下而晒成了红黑色，我仔细望向他，这副高挑的身材日渐清癯，几近光秃的头顶上还留有几根银丝在阳光下闪动。家里的几位叔伯包括父亲在内的大都遗传了爷爷的"秃顶"，所幸是传男不传女，我才不至于"绝顶"。我从照片上看到过父亲年轻时候的模样，满头乌发的英俊少年，倒也是有过意气风发的时候。如今，步入中年的父亲遗传性地开始脱发，头发愈发稀疏，最后只剩下头顶上一小撮乌黑渐变成银白的发丝，饶有几分动漫人物的趣味。虽然头发所剩无几，但父亲倒也不在意，常常打趣自己因为思考人生才掉光了头发，还为不用洗发而扬扬得意，借用父亲的话来说："洗脸时往头上一抹，倒也省事了不少。"省事倒是省事，但也全然不顾形象问题了。父亲这一代，或许从未有闲暇顾及形象，在温饱都成问题的年代，确实，形象并非那么重要了。好在父亲性格乐观，平日里总喜欢眉开眼笑，一双慈善的眼睛坚定而有神。微笑时，淡淡的眉毛舒展开来，眉眼里总是隐隐透出几分孩童的纯真。

躺在地上的那袋水泥，是母亲从别人装修的房子里转手过来的，足有一百斤重，用来填补老房顶的缝隙以及脱落的墙体。父亲是如何将这一百斤的水泥"背"回乡的，我没有过问。母亲唤我和弟弟去海边装沙子准备搅拌水泥，海边的沙子颗粒大而粗粝，苦恼的是穷乡僻壤，怎么也寻不着建筑用的细沙，从城里带回来，又要费不少的劲儿。索性就用自家沙滩上的海沙，倒也来得方便许多。我随地拾起一个麻袋，一条结实的尼龙绳，持着扁担就出发了。

老厝依山傍海，距离海边虽只有几百米之远，但不管是下海作业还是入田务农，村里人都习惯担上两个竹箩筐，哼着闽南小调，晃悠着竹箩筐沿着小路开始一天的忙碌。竹箩筐在村里可抢手得很，可担得鱼虾蔬果，也可担得孩童。农村孩子记忆里最为深刻的就是常被放在竹箩筐里，由父母亲走到哪里担到哪里，干活时，就独自在一旁玩耍，活儿干完了，就随着物品再一起被担回来。村里的老人家常说："干活需用扁担挑，也不至于空手而归，总能担点什么回来。"每家每户都备有扁担和箩筐，而且不在少数，隔两年就要添置换新，据说家里有喜事时，会派上大用场。都说"扁担挑在肩膀上，来年就有米和粮"。这也是村民赖以生存的，最基本的讨生活的工具，也是村民们在贫苦时期对生活寄予的希望，愿财富满箩筐，一家老小总能温饱无忧。

沿着这条走了将近二十年的小土路来到海边，但已然没有了儿时对大海的那番迫切，那时瞒着父母弓着背摸着黑去海边玩耍的场景，恍如在昨日，绵延小路的那头，是无法承载的乡愁。小路依旧泥泞不堪，为什么不加以修缮，村子里倒是有几种说法：近几年来村民因搬迁城里，生活逐渐富裕，不再讨海生活，无暇顾及修路或是再修也无意义。另一个说法是，祖祖辈辈皆靠讨海务农为生，每遇天落雨，踩在泥泞小路上，总会留下些许脚印子，土路不修，示意子孙要一步一个脚印，脚踏实地勤恳做人。

来到海边，潮水还未退去，沙滩被覆盖在海水之下，站在海畔上观望，一阵清凉的海风袭来，裙摆飘扬，激荡起儿时的回忆。远处的梅花礁海岸，海水异常湛蓝，像是大自然调制的色盘，描绘着夏日里的盛景。潮水层层退去，礁石显得清晰可见。记得儿时听老一辈说，退去的潮水是被一头大海怪全喝进肚子里了，这只海怪非常之大，掌管着大海的潮涨潮落，天黑了，小孩子家家就要赶紧回家，不能待在海边了，小心被大海怪捉了去。如今想来，这个善意的谎言倒有几分童话的色彩。

堤坝下的潮水率先退去，裸露出一小片土黄色的沙滩，我们踩着能轻易翻动的石头，忐忑地下到了沙滩。被海水浸泡过的沙子平整而光滑，犹如切刀削过一般。撑起麻袋，四周找不出能铲沙的工具，索性徒手挖沙，未经阳光暴晒的沙子颗粒硕大，水分相当足，装到麻袋的三分之一时，已是沉甸甸了。用尼龙绳收紧袋口，扁担从绳中一穿，一人担一头儿，总算是挑起了。

海边的石头路并不平坦，随时都可能失脚摔个趔趄，肩上担着的沙子在摇摆不定的石头间显得更加的沉重。步伐举步维艰，只能在沙袋随时都有可能甩出去的情况下竭力保持平衡。生活已然是艰难的，成年后的我们学会了咬紧牙关，迎难而上。泥泞的小道上，或许也留下了浅浅的一行脚印，那是生活沉淀下的痕迹。

沙子和水泥，被公认为是老搭档，弟弟道出了我心中的疑惑：“为什么和水泥一定要用沙子，水泥不能独自成形吗？”母亲没有给予正面的回答，而是继续埋头清洗海沙。或许用沙子和水泥，本是自然而然的事，大家都是这么去做，何必费力去研究呢。清洗好的沙子被摊在门口“照日”，或许能蒸发些咸味儿与水分。

父亲递给我们每人一支藿香正气水：“要当心日头的暑气，别被暑气‘照’上了。”转眼身手敏捷地攀爬到移动架上，再翻过房檐爬上了屋顶，母亲开始和水泥，粗粝的海沙能与水泥相融合吗？果真，并不那么融洽，肉眼往深灰色的水泥液里一看，就能看到一颗颗沙子浮在表层上。和好的水泥被糊在红砖上砌在房檐缺失的一角，填补在房顶的缝隙里，这次能支撑多久，要看老房子能多大限度抵御狂风暴雨了。

房顶的瓦片拾成之后，多余的黑瓦被收进了灶台下，以备不时之需。父亲拆卸了移动架，将之倚靠在屋里的墙边。老屋的一切陈设从未改变，只是表面落上了一层厚灰，显得老旧。去年老厝的窗户刚换上了铝合金，将二十几年的木窗换下，木头是好木质，但也抵挡不了岁月的侵蚀，房屋多年未住，少了一些人气，物品倒是容易腐坏。母亲欲将木窗留下当作柴火，又恐木头受潮生了霉菌腐坏，木框里的玻璃易碎，怕被它所伤，父亲就将堆积如山的木窗清理了出去，老屋里顿时显得敞亮。

院子里杂草成堆，倒也不是三两下就能解决的事情，草长得飞快，一年须得割上好几回，方才能罢休。等到年前和几袋水泥就此将地抹平，就不用年年除草咯。

夏日里“拾瓦”确实费劲，要么起早，要么贪黑，躲过头顶的烈日，寻一时阴凉。但农村里天黑得快，黑夜里不利于干活，夏日里又多台风，此时不修，父亲心里难安。他总说："我不能眼睁睁地看着瓦片四散，房屋沦陷，那后悔已经来不及了，做事要趁早，宜早不宜晚，说干就要去干，这干劲儿一上来，就无畏这当头烈日了……"父亲的这番话，无疑是朴实中的真言，虽然他没有多少文化，但却是能让我们终身受用的。

垂钓者趣

一时兴起，随先生去海边钓鱼，携带了两支并不专业的鱼竿、一盒海蜈蚣、一个废弃了的泡沫保温箱——这些个渔具就是此次垂钓的全部装备。俗话说："工欲善其事，必先利其器。"然而，重要之器——鱼竿，却是闲置多年的，竿子上锈迹斑斑，其中的伸缩竿已被铁锈侵蚀得不忍直视，既是钓鱼，如何"利"其器？乡土的做法就是在生锈的卡槽里抹上点菜籽油，点润一下，穿上鱼线与鱼钩，看起来却也可行。

海蜈蚣在纸盒里蠕动着纤长的身体，仿佛是在成为鱼饵前极力热身，使自己深入海里的时候更加富有魅力，能引得鱼儿竞相咬钩，这或许是海蜈蚣的光荣使命。我未敢赤手去触碰海蜈蚣，甚至不敢多看一眼，心理反应带来胃部的不适，这些交织在一起的无脊椎动物像一团散乱的活毛线时刻蠕动着柔软的身体，让人有些毛骨悚然。因此，身居海岛二十余年，我却从未燃起对钓鱼的兴趣，偶尔与朋友到海边垂钓，也是以欣赏风景为由，体验看别人垂钓的乐趣。

此番先生说要去钓鱼，我伴其左右，也是作为旁观者的身份置身事外，以观看为趣。对于业余爱好者来说，无非是去海边溜达一圈，有所收获当然是欣喜，空手而归也是承载着一身的"海味"，并非一无所得。当车子行驶到沙岙底，四处车辆停放得水泄不通，村子有如乡镇集市一般，人头攒动，非常热闹。自海鲜节过后，到沙岙的游人更是络绎不绝。夏日的沙滩，是避暑乘凉的好地方，一顶顶帐篷在沙滩上拔地而起，周边的小吃饮品更是琳琅满目。沙岙月半湾是近年来才有的名字，由于旅游业的发展，沙岙这一处依山傍海的小村庄，顿时名声显赫。

沿着乡间的土路来到沙岙的南侧海岸，择了一处平坦的岩石，我便席地而坐，瞭望远处过往的船只，在海天一线中化作模糊的黑点。清朗的夏日，海水显得清透而幽绿，对岸的峰峦被层层的炎热包裹着，热火朝天的暑气被海风吹散，接连又伴随海风而来。突然担忧起被灼热的皮肤，恐怕要黑下几个度，顿时心生几分懊恼。

先生则选择站在岩石的外围，比较险峻，但也是垂钓的绝佳位置。在锁定了垂钓的位置之后，他开始抛出鱼线，待鱼线划过天际形成一道优雅的弧线落入水中，发出沉闷的叮咚声，鱼钩开始深入到海里，如黑夜里的探照灯，搜索着深不可测的海里的过往者。海风徐来，一颗心伴随着鱼线的沉浮，顿时变得紧张起来。在烈日的暴晒下，先生的额头上渐渐渗出了豆大的汗滴，但为了不惊扰咬钩的鱼儿，只能保持着持竿的动作，顾不及给额头抹上一把汗。

毗邻的垂钓者耐不住暑热，已是挥汗如雨，浑身湿了个透，却坐如磐石，纹丝不动。海风才将湿透了的衣裳风干，额头上不断冒出的汗水顺着脸颊流了下来，刺激着每一个毛孔，身上的每一个毛孔为了散热，冒出了的汗水又重新将衣裳浸湿，在反反复复的炎凉之中，这些垂钓者们却也不为所动。这时，你可能就会说"心静自然凉"，那么心到底要有多静才能抵挡这如火的夏日，抑制人类敏感的肤觉呢。我想所谓的心静自然凉，并非真正的心如止水，或是心无杂念，而是心中存有的寄望，促使忍受的限度达到极致。凡是有所寄望的，确也能教人坚持下来。

"探照灯"在海里巡视了好一会儿之后，依然寂然不动。鱼者们像是先知，并未上钩，鱼线纹丝不动。这时，就是斗智斗勇的时刻了，比忍耐的时限。垂钓者需忍受长时间的等待，需有足够的耐心，还得用智慧的双眼以及日常的经验辨别水域。而鱼们则需忍受住在眼前晃动的美味诱饵的诱惑，还得用点鱼的智慧，辨别何者是鱼钩。相比于其他的垂钓者，先生并不专业，单看装备就不入等，但却有足够的耐心。出于垂钓的爱好以及寄予收获的喜悦，先生在几次失败之后，学起了姜太公那般等着"愿者"上钩。有趣的是，"愿者"没有等来，鱼钩却几次三番地被卡在了石缝里，迫于无奈，只能断掉鱼线，重新置上鱼钩，他却也不急不躁。我笑他太过吝啬，只夹了一小截的鱼饵，鱼儿们当然会嗤之以鼻，不放在眼里了。

终于，鱼线微微下沉，"愿者"上钩了，先生赶忙收线。一只个头瘦小的河豚上岸了，目测只有食指一般长度，脱钩时，河豚还在拼命扑腾着，仿佛是要趁机逃脱。看到是河豚，先生满怀高涨的期待突然间一落千丈，"是欧归呀，莫应呀。（是河豚呀，没用的。）"河豚被放了岩石上，先生并未想要留下它，却也无放生的意思，想来是想让它在岩石上自求多福了。闲来无事的我就负责"照看"这只小河豚，太阳烤着炎热的岩石，小河豚竭尽全力扑腾着尾巴，鼓足了两边的腮帮子，发出"咕咕咕"的声音，两边的腮帮子像在吹气球一般，鼓囊一会儿，腹部越来越大，最后撑到不行，弹跳了两下便纹丝不动了，我好奇地凑上前去用手指戳了戳它，心里嘀咕着，莫非小河豚死了？它腮帮子还在鼓动着，只不过越来越弱了，我拾起奄奄一息的小河豚，丢进了海里，或许回归大海尚有存活的一线生机吧。

我耐不住强烈的阳光，心里开始打起了退堂鼓，此行收获甚少，也是意料之中，无伤心情，索性原路返回。一路上与先生说起河豚，却也不以为然。在洞头的海洋里，鱼类有近千种，河豚也是屡见不鲜了。早年前，父亲出海捕鱼，捕到河豚，便会挑拣出来丢弃。为何海岛渔民捕到河豚弃之如敝屣呢？并非因它的其貌不扬，而是河豚的肝脏、肾脏、眼睛、血液中含有剧毒，如若处理不当，误食，就会中毒。近年来，更有许多游客因为食用河豚及河豚干而引发中毒的事件，好在大多性命无忧。而在洞头，明令禁止渔民售卖河豚及河豚干，更不提倡居民去食用了。

带着一身的"海味"，还有几乎与阳光同样明媚的心情沿路返回，一路上哼着渔家小调："大海边哎沙滩上哎，风吹榕树沙沙响，渔家姑娘在海边嘞，织呀织渔网……"

老厝故事

活　房　子

　　此时，老房子里灯火通明，如白昼一般亮堂。这座老迈的、久无人气的房子，活了过来。透过被风刮擦的玻璃窗，看见悬在老母亲头顶上的暗黄的灯影，落在了她腰间系着的满是补丁的围裙上，落在了六个幼小的孩子的瞳孔内。在窄小的厨房里，这个被孩子们唤作"阿妈"的女人正忙得焦头烂额。

　　房子以最慢的速度抵抗衰老，孩子以最快的速度长大成人，背起了行囊陆陆续续地离开了这座不蔽风雨的老房子。他们住进了更加结实、漂亮的房子，有了自己的家，后来又有了自己的孩子，从此将老屋遗忘。

　　直到有一天，老母亲病重，又重新回到了这座老房子，与以往不同的是，这次是子女背进来的。这位年迈的女主人，在身子硬朗、神志清晰的时候离开老屋，如今回来，已是老弱病体、意识模糊了。

相　续

此时的房子在几年前修缮过，倒显得不那么破旧。只是回来的人，已是风前残烛、迟暮之年。

年老的女主人被子女背进屋之后，床铺就落在曾经的小厨房里。那时候，这个位置还是一张掉了漆的八仙桌，桌子上永远是为孩子准备的只能果腹的粗粮蔬食，用一个铁罩盖着。蔬菜是自家田里耕种的，偶尔能吃上一两顿鲜香的海鲜，都留给了孩子。待孩子们狼吞虎咽地瓜分完，老母亲才默默下筷挑着盘中剩余的残肉，扒上几口饭。

这些长大了的，有了自己孩子的"孩子"，在老母亲的病床前忙碌着，像极了年轻时母亲的身影，是那么富有活力。

老母亲已经不能自己翻身了，数日来滴水未进，只能喝一些并不那么浓稠的米汤，这些发白了的米汤，就像是年轻时母亲的乳汁，也是那么一口一口喂进孩子的嘴里。周围安静得只剩下氧气筒里发出的"咕咕咕"的声音，嘈杂而富有节奏，那是生命最后的余音，在老房子里徘徊起伏着，牵动一条日渐衰弱的生命线。

假　装

我猜想，这位老母亲肯定是假装病倒，假装滴水未进，假装不会翻身，假装尿失禁，假装……

她是想得到子女的陪伴是吗？如若不是，谁会以这样的方式，让孩子们回到她的身边。

老伴走后的这几十年里，她独自拉扯着孩子长大，如今孩子有了孩子，有了家，她就成了这个家的局外人了。这漫长的年月里，她期盼子女的到来，期盼儿孙绕膝的天伦之乐。可是，她却盼来了满头白发，满口稀落了的牙齿。腿脚开始僵硬，瞳孔开始黯淡无光，直到手再也抬不起来。

果真，她的假装得到了子女的回应。从那天起，子女们陪伴在床前，与她促膝长谈，像极了儿时她与孩子们讲故事那般，孩子因为好奇不停地追问、说话。她有些心动了，她想张口说话，将这些年压在心底的，未来得及说的话，在一夜之间全都告诉她的孩子们。但她必须假装到底，她怕打破这得来的不易，她怕孩子们顷刻间又会离她而去。她继续假装不会说话，假装不会翻身，假装尿失禁，等着孩子们为她喂水进饭，盖被翻身，甚至是擦身换尿片。

她成功地做到了假装，却忘记了她是在假装，从此一头钻进了她的梦里。

行　　走

一张一米五的席梦思床上，老母亲蜷缩着身体，仿佛在寒冬的夜里前行。她不断地掀开厚重的被子，仿佛是在搬开一块横在路中央的木桩。

子女们围绕在床前，用亲切的柔和的声音唤着母亲，扶老母亲坐起。女儿舀起了一勺水，轻轻地喂到了嘴里，这时的老母亲已经丧失了吞咽的能力，水顺着嘴角流向了下巴，女儿抽出了纸巾轻轻地擦拭，表情是那么祥和、耐心。就像儿时母亲也是如此耐心地擦去孩子眼角的泪水，嘴角的饭粒，一切都如此相似。

孩子们未曾知道老母亲正在行走，渐行渐远……

离　去

女主人回到老房子的第三天便"走"了，就在二月二龙抬头那天，全国防疫的第三十多天，春天就要到来的时刻。

门口的桃树上开出了第一朵桃花，淡淡的嫣红。

安　世　所

两天后，女主人被送到了安世所。这里所指的安世所就是殡仪馆。这是我第一次到殡仪馆，沿着白迭的大路至白迭岭，就能看到路边筑起的一道道围墙，白墙黑瓦，颜色分明。从外面看，与其他的建筑并无两样，门口一长排铁围栏，将外界隔开，仿佛隔着一条不可跨越的界线，里面的人，和外面的人。

门口没有挂着明确的名称，只有偌大的"服务大厅"四个大字。殡仪馆对于活着的人来说，是个忌讳，不愿提及，因为不祥。

此时，女主人就躺在宽敞明亮的安世厅里，四周鲜花围绕。

痛　哭

这位女主人，就是我的外婆。在她走后的几天里，我们悲痛万分。成年人总是善于伪装自己的情绪，表面上平静，心里早已波澜起伏。

从姨妈嘶哑的嗓音里传来了哭声："母啊母，如今你一走，我何处再寻母，千声万声唤母亲，母亲再也听不见。"

每每听此，我都忍不住落泪，一层层的口罩，被眼泪浸透。

人都善于用眼泪表达悲伤。眼泪由回忆凝聚而成，是生活中不能企及或是无法挽留的无奈。

归　来

出殡归来，迎外婆的肖像回老房子。

从安世所到墓地再到老房子，顺山路而下，众人随后。

喇叭、唢呐声响彻整个静逸的村庄，八十四年的岁月从此画上句号。

你认得我吗？

一

年前去看外婆，送上了每年一贯的拜年礼，一箱橄榄油，两张百元纸币。

外婆倚靠在床上，精神萎靡。我轻轻地推开那扇窄小的木门，走进她的卧室。她的居所是车库改装而成的，里头是卧室，外头是厨房，人人都说对于一个老人家来说，这已是足够宽阔的安身之处。

一年里来外婆这里的次数，也是屈指可数。

我坐在她的床边，询问她最近的身体状况，她不语，一直摇着头。记得每次来看她时，她都会紧紧握住我的手，松弛的眼袋耷拉着，抿着毫无血色的嘴唇，眼角里流露出委屈与难过。

我从口袋里掏出早已准备好的两张百元纸币，塞到她的手里，这个动作像是彩排了数遍，那么自然而轻松。外婆一直推嚷着，我坚决地塞进了她的睡衣口袋里，嘱咐她买点想吃的，心里掠过一丝愧疚，我是在弥补什么，我心里清楚。而外婆真正需要的是这两张纸吗？不是！

二

我轻轻地揉搓着这双几乎僵硬的脚，它们瘦得仅剩皮包骨。

外婆推开了我的手说道："孩子没用的，不要这样。"或许这一双久不下地的脚，已经忘记怎么行走了。况且，再也没有什么能支撑她站起来了——是去看一看楼上的儿女，颤颤巍巍，惹来嫌弃；还是奢望看一眼孙子、孙女？都是她腿脚所不能至的。一切能站起来的理由，都被享清福给削弱了，被孤独打败，她失落得像个孩子，等待子女的到来，等待成了最后活着的希望。

满口脱落的牙齿，濒临干涸的咽喉，食不下咽，逐日消瘦，勾勒出晚年的外婆，孤独而落寞。

我与外婆的话语，谈不上聊天，因为聊天须有共同的语言。只能算是说话，确切来说是追忆。一年几次来此，外婆都记在心里。

儿时，父母亲种紫菜忙，托外婆帮忙照料，童年里我就在两个村子里来回穿梭。而在两个村子之间隔着一片海，通常是要等到海水退潮后，外婆才将我一趟又一趟地从海边的小路背回家。如今回想她驼了的背，是肩上抹不去的陈年往事，是我心中永存的悲伤。

三

有一次大雨倾盆，下班后受母亲嘱托，去外婆那里取东西。

将车停在了外婆的门口，便唤了几声，外婆出门，一直看着我，再无其他反应。我接连叫了几声，才得到外婆缓缓地回应："你是谁？"我直愣在那里，心里一怔，莫非外婆不记得我了。

我将自己完完全全介绍了一遍，并说明此番来意，外婆紧紧拽着手里的红袋子——那个母亲交代我要取的东西，眼神里流露出陌生，似乎在说："我并不认识你。"直到我脱下了雨衣与头盔，外婆这才笑盈盈地用闽南话说道："你是我女儿的女儿，我认得你。"此时的她，像极了一个孩子，笑得那么纯真。

在这瞬间被认得的一刻，我潸然泪下。

四

送外婆出殡那天，起了个早。立春后的天气，还残留着冬天的寒冷。

从安世所出发，到达外婆从此长眠的地方。因为受疫情的影响，来送别的人不多，只有至亲的一行人。

　　回来的路上，三朵杜鹃花并蒂在枝头，在春风中摇曳着。

　　众人蒙着口罩，每张脸变得陌生而模糊。

　　口罩后是谁，外婆，您认得吗？

梦觉故人影

一

数月里，故步自封，闭门在家中。

于梦里，却常常映现家乡的石厝。于玄幻的梦境里，我走进老房子，如同穿梭了时光，回到过去。我望见母亲正在土灶下生火做饭，父亲讨海归来正准备卸下渔具，年幼的我在院子里凿土捏泥巴。半梦半醒中，梦里的石厝又化作奔腾的海浪向我袭来，我奋力奔跑，却被卷入汹涌的波涛里，终而沉入海底，苦咸的海水充斥着我的咽喉，灌入我的鼻腔里，用尽余力挣扎，却愈发下沉。就在我感到即将窒息时，突然从梦中惊醒，一身冷汗，恍然发觉是梦一场。

在海岛生活二十余年，这场梦，时常让我在熟睡中惊醒。以至于面对汪洋大海，心中生得一番恐怵。

伴随多年的梦，反反复复，却也是有源可寻。

十多年前的那个秋天，我大约十二岁。虽入城读书，居住在外，但家里种有几水紫菜，且到收成的季节，每逢周末，常要帮父母采摘、清洗、晾晒紫菜。只记得那年紫菜收成极好，父母早出晚归，常忙得连饭也顾不上吃，运货车一来，便赶忙地将晒干的紫菜运往县城售卖。父母唤我在家照看山坡上晒着的紫菜，以防骤雨突下，我悠闲地在山坡上转悠了一会，平日里，父母总会禁止我去海边，这会儿一人在家如同鸟儿出笼，无人管辖。想来无事，便偷偷溜达到海边，正巧遇见婶子与年幼的堂弟去海边拾螺，便一同前去。

虽是初秋，海风却透着微微的凉意，钻到衣袖里，不禁打了个冷战。我穿着一双人字拖，连蹦带跳地提着小红桶冲向海边，如同放出鸟笼的鸟儿，把母亲的嘱咐忘在了耳旁。而海边，正逢涨潮，浪花层层叠叠，向海岸袭来。据说涨潮时，海边的水晶螺会非常多，因为退潮时，水晶螺会隐藏在潮湿的石头底下，避免身上的水分被烈日暴晒后蒸发，导致脱水。待到涨潮的时候，水晶螺如遇甘霖，就群体爬到被海水打湿的光滑的石头上。这时，石面上就会聚集密密麻麻的水晶螺，一捉一个准，不待潮水涨满，就能拾上满满一桶的水晶螺。这是捉水晶螺又快又便捷的方式，但是却要赶在潮涨之时，多了几分危险。

婶子在前，开始攀爬岩石，一边护着随其后的堂弟，我在最后，蹑手蹑脚地翻越海边的岩石，极为小心谨慎。看见海螺爬到石面上汲取海水时，便下至礁石上，将螺捉住，放置桶内。这些大大小小的水晶螺正在贪婪地吸吮着潮水，殊不知危在旦夕，命不久矣，而我们也要非常小心地应对打滑的礁石，生怕跌落。海浪层层激起，后浪推前浪，刹那间就盖过了干涸的海田，潮水涨得飞快，眼看着漫过了海边的沙滩，进而向山边的岩石袭来。很快，来时的海边小路，已被来势汹涌的潮水所覆盖，当前已是举步维艰全然没有了退路。我一只手小心地护着红色桶里蠕动的水晶螺，另一只手扶着海边的山石壁，挪动着两只脚极力地往回家的方向攀爬。山石细碎，海生植物枝蔓徒有细枝，不可作为抓手，轻轻一握，石土便松塌。脚下是奔腾翻滚的海浪，它们在怒吼，在叫嚣，在讥笑，我仿佛听见它们在说，贪婪的人类应为自己的无知付出应有的代价。我在石壁上挣扎，万顷波涛在脚下拍打着岩石，显示着自己的巨猛。

离家越近石壁上的石纹越发地平整光滑，此时的我就像失了羽翼的鸟儿无枝可栖，就在惊险的那一刻，担心的事最终还是来临了，一个趔趄，我从石壁上滑落到了海水里，双脚被浸泡在冰冷的水中，浓烈的咸味从脚下慢慢地上升到我的鼻腔，海水漫过我的脚踝，进而又盖过我的胸口，双脚触不及海底，深浅未知。一只手紧紧抓住石壁上仅有的凸起的一个小棱角，这个棱角仅有一个婴儿的小指头般大小，就是因为这个及时救命的小棱角，我才不至于完全落入海里，被海浪所吞噬。

握着小棱角持续了几分钟，我竭力想向上攀爬，可是被浸湿的衣裤及双脚在海水里越发下沉。我感觉双脚愈发沉重，无法抬起，脑海里幻想着海里的水怪是否会在此时出现，将我往水里拖曳，我甚至无法想太多，因为害怕，我惊慌失措，脑子里一片空白。此时，消沉的意识被婶子一声喊叫所唤醒："将桶丢掉，伸长手臂紧紧拉住我的手，脚往上蹬。"婶子的一句话使迷惘中的我顿时充满了力量，我想这股力量或许就是求生的欲望。面对着艰辛拾来的海螺，取或是舍，在那个懵懂无知的年纪，轻与重，难以平衡。最后，我还是松开了紧握着红色小桶的手，海浪瞬时将红桶吞没，带出了很远，如果没有选择放弃小桶，最终被海浪带出很远的应该会是我。

在婶子的助力下，我成功脱离了险境，顺着岩石攀爬了上去。面对着汪洋大海，以及早已被海浪推得无影无踪的小桶，心里一片怅然，是海螺与桶尽失去的失落，还是劫后余生、大难不死的惊魂未定，总之，心里充满了恐慌，对大海的恐慌。从此以后，再也不敢在涨潮的时候，冒险去捡螺了。比起那关键时刻弃之的一桶螺，我想，心中更多的是多了一份对生命的敬畏。

次日清晨，潮水退去，独自行走在海滩上，竟意外发现滩涂上裸露的红桶埋在海泥之中，我兴冲冲地脱下鞋子，踩着浅滩上的海泥，一步步走向红桶，小桶完好，只是半截埋在了泥里，桶里的水晶螺已杳无踪影，我捡回了小桶向岸边走去，将桶里的海泥抹去，用岩石上的一处小水洼里的海水洗净，已无心思再捡螺。

虽然这事儿已经过去了很久，一直深埋在我的心里，但我从未敢告诉父母。

二

十几年后，回头思索这件事，心里却不是滋味。

然而，也只有这碎片式的回忆，才能将婶子深存在我的记忆里。捡螺事件过去两年后，婶子被检查出得了癌症，那时已经是晚期了。年少的我并不知道发生了什么事，只是听家里人说婶子生病了，在医院治疗。直到后来，癌细胞转移，无法医治了，婶子才回到山村老家。

再次见到婶子的时候，她已经被病魔折磨得骨瘦如柴，本来瘦小的身躯变得更加清癯，为了配合治疗，满头乌发全都剃光了。婶子戴着一顶针织帽，虚弱地躺在床上，眼睛似乎凹陷了进去，本来明亮的双眸变得暗淡无光，脸色惨白，嘴唇毫无血色。那时的我不敢靠近婶子，只见她整日里躺在楼下的里屋。直到后来，我在大人的口中听到"癌"这个字，这是仿佛天要塌下来的重病，三叔终日里愁眉不展，那时的我却不知道意味着什么。后来婶子的病情越来越严重了，腹腔中的积液越来越多，只能靠针筒刺进腹腔将积液抽出，婶子才好过些。每天被病痛折磨的婶子只能不断地呻吟，茶水不进，终也吃不下饭了。

有一日，母亲唤我进婶屋去看看婶子，我并不知道那时候的婶子已经快不行了。到如今，婶子对我说的最后一句话，一直清晰地记在我的脑海里。婶子拉着我的手说："如果婶子没生这个病，也能存下些钱，给你买件大棉衣。"那时的我点了点头，不知何言以对，只是感觉婶子会好起来的。

过了两日，婶子便走了，在春天即将来临的那个时刻。婶子走的那日，屋内传来了号啕大哭的声音，这个声音一直持续了很久，从铿锵有力到沙哑虚无，无比地苍凉，我知道，是婶子的母亲来了。婶子的葬礼按照村里的风俗办。根据村里的风俗，婶子只有一子，无女，所以我作为干女儿，在她灵前守孝，直到婶子入土为安。

婶子是我们本村山尾的人，家中有姐弟四人，婶子排名老二。婶子嫁给三叔的时候，家里还是比较清贫拮据的，村里人大都靠海为生，三叔也不例外。除了网鱼，每年到紫菜季，那就是没日没夜地忙碌，天寒地冻，早出晚归。三叔出海时，婶子持家、务农、照顾年幼的孩子。三叔讨海归来后，婶子一大清早就得挑着鱼担去镇里卖鱼，卖鱼时舍不得租赁摊位，常蹲在路边买卖，卖完鱼再买些家里所需回到家中。

每年到了种紫菜时节，织紫菜网、育紫菜苗、夹紫菜苗、入水……本以为一系列的烦琐的忙碌过后能休息片刻，但婶子却一刻也不停息。或许，就是因为这没日没夜的劳碌，婶子才积劳成疾，累出了病。

如今，十几年过去，婶子的面容在我的印象里开始变得模糊不清，我甚至记不得她长什么模样，三叔收起了关于婶子的所有照片，怕触景生情，心生难过。

过了好几年，别人劝三叔续弦，照顾年幼的孩子。三叔都没有中意，或许是念着婶子的情，走不出悲伤之影。

每当看到潮水上涨，我都会想起与婶子捡海螺的情景，婶子是那么年轻，富有活力。如今，那么富有生命力的一个人，说消失就消失了。

梦境里潮水依然涌动，失足滑落的场景不断浮现，婶子的身影渐行渐远，离去时，不忘那声呐喊："将桶丢掉，伸长手臂紧紧拉住我的手，脚往上蹬……"

飞鹤， 栖于夏花

　　山间的泥泞小路上开满了白色的小花，非常奇特，如同白色的丝绸在风中飘扬。这种花是乡野之地极为常见的，小时候，常将此花摘下，贴于耳垂之上做成耳坠。那时，小孩子家家，并没有耳洞，而这种白色的花却有着一种天然的植物黏液，贴在耳垂上也不会掉落。每年回去村里，总能看见这些白色的花儿星星点点地遍布在路边，与杂草交织在一起。

　　每当一阵急促的夏雨过后，白色的花骨朵儿被雨水浸湿，娇羞地藏进了藤蔓里，花瓣变得更为白皙，一股淡淡草本植物的清香悠然散发，连着雨露的芬芳，顿时变得十分清新可人。拈一朵花儿静静端详，与儿时见过的并无两样，二十几年前的时光恍如在昨日，今日拈花的人，仿如昨日嬉笑的孩童，在草丛里钻爬滚打，无忧无虑。

　　很早以前，本以为野花都没有名字，只是土生土长在小路边，无人得识，风雨里自生自灭罢了。乡里人常唤它的土名，或许也是老一辈的言传，如今却也记不清了。如今恰巧再遇上时，白色的花儿依旧未变，一直如期绽放，多少年来尽是如此，只是回去少了，见的也便少了。突然间心血来潮想要知道此花的名字，打开手机识花软件，才知道我所熟知的白色野花竟有一个不凡的名字——鹤草。蓦然，我的心里颇感震惊，从未想过此花能与"鹤"相提并论，更或许，在心里只将它以野花看待，习惯这样定位罢了。受名字的影响，再次看花时，长长的花序与鹤确有几分相像，花朵形似白鹤的尾翼，轻盈而柔美，花枝如鹤颈，纤细而伸长，在风中如仙鹤飞驰，顿时仙气十足。在《赋得西隐寺古松》曾有记载："鹿芝香作供，鹤草锦成茸。"亦称鹤草为"鹤子草"。

我所见的鹤草花色多为白色，花瓣像被金剪裁过似的，洁净的乳白渐渐染上了淡淡的粉紫，如丝如缕，花丝在清风中摇曳，像极了飞鹤扇动着白净的羽翼，乘着清风，穿过浮云，越过河谷山川。可叹大自然的鬼斧神工，赋予鹤草奇特的身姿。远远观赏，就像是一只栖于葱茏的草木之中的白鹤羽化而成的白花。《南方草木状》卷上有云："鹤草，蔓生，其花曲尘色，浅紫蒂，叶如柳而短，当夏开花，形如飞鹤，嘴翅尾足，无所不备。出南海，云是媚草。"

据说唐代的岭南女子，喜欢以鹤草的花卉为装饰。鹤草，当夏之花，幽幽之紫似飞鹤而开，就连鹤翅、鹤尾、鹤嘴也无一不惟妙惟肖。在民间传说中，鹤草也被称为媚草，以鹤草为食而长成的蝴蝶又称之为媚蝶。女孩若是用媚蝶来装饰自己，便会得到男子的怜爱，这也是唐代的岭南女子都爱将鹤草之花携带于身的原因。她们还常将晒干后的花贴在眉间腮上，是自然而成的天然花钿。

"当窗理云鬓，对镜贴花黄"，这是古代女闺阁里的装扮。说起额眉间的花钿，与花黄有着异曲同工之妙，让人想起了荧屏中的古装剧，万千佳人，风姿绰约，披着薄纱霓裳裙款款走来。或有荆楚时期佳人纤细的柳腰，或有盛唐时期唐人的"丰肥浓丽、热烈放姿"，她们大多手如柔荑，肤如凝脂。

然而，花钿起源于一个美丽传说。相传，南北朝刘宋时，宋武帝有个女儿叫寿阳公主，生得花容月貌。某年正月初七下午，寿阳公主与宫女们在宫廷里嬉戏，过了一会儿，因稍感倦意，便躺卧在含章殿的檐下小憩。这时恰好有微风拂来，将开得繁盛的腊梅花吹得纷纷落下，其中有几朵碰巧落到了寿阳公主的额头上，而经寿阳公主嬉戏而产生的汗水渍染后，便在前额上留下了淡淡的腊梅花痕，拂拭不去，却也使寿阳公主显得更加娇柔妩媚。被皇后看见，十分喜欢，特意让寿阳公主保留花痕，三天后才将其用水洗掉。此后，本就爱美的寿阳公主便时常摘几片腊梅花，粘贴在自己前额上，更显女儿家的柔媚之姿，这种打扮方式被称作"梅花妆"。宫女们见此个个称奇，并跟着仿效起来，"梅花妆"便在宫中流传开来。很快就流传到民间，"梅花妆"成为当时女性争相效仿的时尚。到了隋唐一代，花钿已成了妇女的常用饰物。至宋朝时，还在流行梅花妆，更有诗人汪藻在《醉落魄》中不禁吟道："小舟帘隙，佳人半露梅妆额，绿云低映花如刻。"

夏雨初歇，炎热的午后，躺在摇椅上，摆动着蒲扇，寻思着娇媚的梅花妆，转而又想起了鹤草，虽然鹤草以形似白鹤而得名，本就无议。但会不会可能是源于一个更古老的神话传说，传说可以这般撰写……

传说，守护人间的鹤神，因一次在天上巡逻时，发现人间大火。为救人间百姓免于灾难，鹤神觉得此事严峻耽误不得，按理来说，须禀报天宫，再请命前往人间。但天上一天，人间十年，如果回去禀报，人间火势想必更加肆虐蔓延，便决意只身下凡，忙于救火之中。但怎知火势凶猛，鹤神竭尽全力，三天三夜之后才将大火扑灭，但由于散尽功力，疲惫的鹤神倒地不起，其羽毛四处飞散，落入了大火燃尽后的土地，不久之后这片土地就开出淡淡的形如飞鹤的白花，凡人为了纪念鹤神，便将此花称作鹤草。而鹤神的羽毛化作鹤草之后，仍守护着人间，凡人为了生存，常出入山林砍柴、种植，若被蛇咬伤，便会落得一身的伤痛，而鹤草全草皆能入药，可治痢疾、肠炎、蝮蛇咬伤、挫伤、扭伤等。鹤神至死，也不忘为人间留下至宝。

又或许，这会是一个凄美的爱情故事，传说一只仙鹤误入沼泽地，被凡间的一名女子救起，这名女子名为蔓茵，与父亲相依为命。仙鹤为报凡人女子救命之恩，四处寻找蔓茵，终于在一处偏僻的乡村找到了救他的女子，仙鹤遂向女子表明心意，蔓茵也对化为人形的仙鹤一见倾心，两人便私定终身。仙鹤为与蔓茵喜结良缘，让蔓茵等他几日，便回天宫求月老赐姻缘。但月老掐指一算，便知仙鹤与蔓茵有缘无分，而蔓茵正经历着命中注定的一场灾难，恐怕命不久矣。仙鹤吃了秤砣铁了心，发誓即使入地狱也要与蔓茵厮守终身，月老见仙鹤去意已决，深叹一口气，交予他一条红绳，倘若能在蔓茵遇灾之时赶到，便可化解灾难，从此便可安心度日。蔓茵等了几年，不见仙鹤回来，心灰意冷，一蹶不振病倒在床上，父亲劝她另觅良人，蔓茵说什么也不肯，终日在门口苦苦等待，逐渐消瘦。数日来，凡间暴雨骤下，引发了山洪，乡亲们四处逃命，父亲劝蔓茵赶紧走，而蔓茵执意要等仙鹤回来，她相信他会回来。而仙鹤，夙夜不眠，历经三天三夜赶往人间，却发现这座村庄已经被洪水冲走了，而他心爱的蔓茵也不见踪迹，仙鹤抱头大哭，他还是来晚了一步。仙鹤感觉心口撕裂般地疼痛，不顾雨水打湿羽毛，疯狂地在满目疮痍的废墟之中寻找蔓茵，终于洪水退去，仙鹤在一片荒地里找到了蔓茵，但此时两人已阴阳相隔，仙鹤后悔让蔓茵等他，如果蔓茵没有对爱情的执着，也不会命丧于此。仙鹤抱着蔓茵在荒地中日复一日行走，终日茶饭不思，滴水不沾，慢慢地耗尽了体能，终于再也无法展翅，最后长眠于人间。数年过后，仙鹤与蔓茵所在的这片荒地，开出白色的小花，此花形如白鹤，在微风中如仙鹤展翅，奇特的是白花与藤蔓交织长在了一起。

　　脑海里想继续编写仙鹤与蔓茵的故事，耳畔里又响起了那句话，鹤草，蔓生，其花曲尘色，浅紫蒂，叶如柳而短，当夏开花，形如飞鹤……

"海霞" 姑娘

一

1990 年 6 月，郑英琴初中刚毕业，就在家里人的鼓励下参加了女子民兵连。说起当女民兵的初衷，郑英琴说，在她很小的时候，就深受母亲与姐姐的影响。母亲许蜂香是洞头胜利岙人，年少的时候参加过女子民兵连，扛过枪打过仗，受过训练。大她 8 岁的姐姐郑阿玉曾经也是一名女民兵，郑英琴读小学的时候，姐姐每次从连队回来，总会跟她说起连队里的事情。虽然年幼的郑英琴不明白姐姐所说的，但看着姐姐一身精神、帅气的军装，郑英琴心中由衷地喜欢。女民兵的梦想，从此成了她心中的向往。

郑英琴是家里兄弟姐妹中最小的一个，备受父母的疼爱。尽管在郑英琴入伍时，姐姐郑阿玉已经光荣退伍，但却一直鼓励着她，使她勇敢迈出了第一步。想着母亲与姐姐都曾是一名光荣的女民兵，郑英琴立志也要成为一名出色的女民兵，为国奉献，不负家人所望。就这样，年仅 18 岁的郑英琴毅然地走进军营，开始了长达几个月的集训，穿上迷彩服的那一刻，她终于实现了梦想。往后每年一到集训的时间，郑彩英便会排除万难，义无反顾地回到连队里，虽然那时并没有薪酬，家里的生活条件也是相当贫苦，但郑英琴始终坚持着自己的"海霞梦"。

连队里的训练艰苦而枯燥，往往一个动作就要重复很多遍，为了标准化，常常练到手臂发胀，腿脚发麻也不能停。不分昼夜的摸爬滚打摔，使得身上经常是青一块紫一块。郑英琴说："每当训练完后，虽然疲惫不堪，但第二天睡醒依然是朝气蓬勃、富有活力，那时候比较年轻，换现在不行了。"在长期的训练中，郑英琴从未喊过一声苦，叫过一声累，相反，郑英琴觉得浑身都是用不完的劲儿，那股青春的热血在她的心头沸腾着。

持枪训练时，通常会在枪管上挂上两块砖头，手持步枪的时候需平稳不能抖动，在烈日之下，一站就是一个小时。由于吃苦耐劳，郑英琴在一次打靶的训练中脱颖而出，被称为"神枪手"。而这神枪手称号的背后却是她没日没夜的练习，一枪不中，就两枪，姿势不对就重新调整，在不断调整姿势，勤于练习的过程中，郑英琴的膝盖、手肘上都留下了伤疤。到了晚上，她拖着疲惫的身体，得将白天所用的枪支都擦一遍，第二天再用，周而复始。

除了日常的训练，郑英琴还担任了连队里的通讯员，90 年代里，在通讯并不发达的时候，一有消息下发，就需要跑腿几公里，将消息传达。郑英琴就是如此，每当收到消息，就需要跑去告知各个连队集合训练，从而也练就了一双强有力的脚。此外，连队里经常会去老人院为老人服务，洗衣、打扫、捶背、话家常，郑英琴说："尊老敬老是中华民族的传统美德，这也是'海霞精神'的传承，我觉得非常有意义。"正因为郑英琴自强不息、积极向上的精神，在短短的一年时间里，她就被评为"先进标兵"，得此盛誉之后，郑英琴更加勉励自己。

1992 年，温州雪山代表大会举行比武赛事，作为神枪手之一的郑英琴被连队选为参赛的成员之一。激动之余，郑英琴要比平常付出更多的时间进行训练，尽管体力超负荷，但她一刻也不敢松懈。一天，郑英琴像往常一样为比赛训练，却感觉异常疲倦，指导员劝她稍作休息，暂停练习。但是，一心想为连队争取荣誉的郑英琴不肯休息，她觉得不能因为自己一个人的休息而耽误了整个团队的训练，索性咬紧牙关继续训练。那天训练完毕后，郑英琴回到自己的宿舍，由于体力耗竭，疲惫不堪，在推门的一刹那，门框上的玻璃不慎坠落，插在了她的手腕上，顷刻间，血管里的鲜血喷射而出，同寝室的战友吓得赶紧拿来了毛巾为她扎紧止血，但是由于玻璃片插入过深，血流不止，鲜血染红了毛巾，连长杨海英与战友们赶紧背着郑英琴往医院跑，连夜里进行手术，缝针。

一个星期之后，郑英琴感觉自己的右手全然没有知觉，后又被送往温州医院住院治疗，那是她人生第一次去温州市区，郑英琴说，由于 90 年代交通不便，自己从未离开过洞头（此时洞头仍为洞头县，2015 年撤县建区），当时因为负伤去了趟温州，足以令自己终身难忘的了。由于年轻人恢复得快，郑英琴出院之后回到了连队宿舍，战友们倍感疼惜地看着她，连长的关心、战友们的帮助，都使郑英琴非常感动。但是由于手腕上的伤势还未痊愈，郑英琴只能停止了一切训练，就连温州雪山的比武赛事也与她失之交臂了，郑英琴说，这是她这辈子最大的遗憾了。训练场上挥汗如雨，伤痕累累都没有流过泪，但她数日来的付出，以及迫切地想为连队取得荣誉的那股热血与冲劲，因为手腕的受伤报废，使她哭得眼眶通红。郑英琴知道，她可能这辈子都无法像之前那样持枪打靶了。

人武部考虑到郑英琴的手腕伤势，将她安排到海霞宾馆做服务员，每个月还有固定的工资，这一待就是两年多。虽然，郑英琴的"海霞生涯"只有短短的两年多，但在她身上可以清晰地看到昔日"海霞"的身影，那份坚毅与自强，影响了她的一生。

虽然每到冬季里，郑英琴手腕上留下的后遗症会隐隐发作，她的右手臂膀或因血液循环不畅，有冰凉、畏冷的症状。但是，直到如今，她都感到无怨无悔，不后悔加入女子民兵连，不后悔成为一名女民兵。

二

2000 年 6 月 20 日是洞头先锋女子民兵连 40 周年纪念日。由于庆典活动的需要，民兵连招募数十名女民兵。年仅 18 岁的林彩英，听到县里招募女民兵的消息后，便随同几位要好的姊妹前去报名。那时，天真懵懂的林彩英并不知道女民兵的职责所在，更不知"海霞精神"所含的意义，怀着对社会的好奇与憧憬以及对独立自由的渴望加入到了女民兵的队伍中。来连队报道那天，是林彩英初次离开父母，接过她人生中的第一套迷彩服，林彩英心中非常激动。尽管在第一次穿上迷彩服时，林彩英甚至觉得这身衣服并不好看，但在她的心里却又因这身衣服而感到无比自豪。

经过长达四个月的封闭式训练，林彩英正式成为一名女民兵，从入伍时备受父母呵护的小姑娘，变成了能独当一面的女兵。四个月的时间在常人看来虽是短暂的，但对于日日要接受艰苦训练的女民兵们来说却是如此漫长。在一次平常的训练中，林彩英感觉自己的脚有些疼痛，但她以为是日常训练过后的肌肉酸痛导致的，没放在心上。接连几天，林彩英感觉脚部的疼痛感剧烈加重，无奈之下只能去做检查，检查结果显示由于长时间进行高强度的训练，小腿的肌肉长期交替处于紧张状态，肌肉不断牵扯，使得林彩英小腿胫腓骨膜撕裂损伤，骨膜血管扩张充血水肿导致骨膜炎。即使在这样的情况下，林彩英还每天坚持早晚三公里的训练，据林彩英回忆说："虽然那时每走一步都是钻心地疼，但是比起骨裂的战友来说，我的这些疼痛根本不算什么，训练场受伤都是家常便饭，我从来没想过退缩。"是什么，让一个柔弱似水的女子，变得如此刚毅坚强，营地里艰苦的训练，不仅增强了林彩英的身体素质，更改变了她的人生价值观，"海霞精神"在她的身上得以延续。

从那一刻起，林彩英猛然发现自己已经离不开"海霞"，"海霞"这两个字不仅仅只是一个名称而已，而是凝聚在她心头的一道热血，迸发着她的青春与力量。每年一到集训的时候，为了响应连队的召唤，林彩英不管在哪个岗位上任职，她总会第一时间跑去办离职手续，义无反顾地回到连队，不管之前的岗位薪酬有多高，或是与雇主签订的合同期限有多长，林彩英就是不要当月的工资，甚至违约，也要回到连队中。就这样，林彩英在不断换工作，又重回连队的过程中，一直保持着这份永不褪色的炙热，"只要连队需要我，我会二话不说地辞掉手头上的工作。"林彩英说。直到2007年的7月，由于连队整组，林彩英才依依不舍地离开了自己洒满青春热泪的连队。

五年后一个夜晚，一次机缘巧合，林彩英在与陈连长的闲谈中，得知连队现在要招募几名有技能的老民兵，征求她的意愿。在得此消息之后，已是两个孩子母亲的林彩英五味杂陈，但还是无法抑制心中的激动，那股热血顿时又沸腾了起来，在还未和家里人商量的情况下，林彩英毫不犹豫地回答了连长："我要回连队。"这几个字，在此时的林彩英口中说出，已然不是那么轻松了。家里的两个孩子怎么办？小儿子还不满1岁，林彩英心里百感交集。在与丈夫商量时，丈夫表示反对："回去干吗！一个月领的那点钱连孩子的奶粉钱都不够，在家待着多好，何必去吃这份苦！你年龄还小啊？受得了训练吗……"丈夫的话如枪林弹雨向林彩英袭击而来，面对妻子的决定，丈夫显得有些不理解。"如果不去，我会后悔一辈子。"林彩英不仅说服了丈夫，还果断安排好了家里一切事务，将不满1岁的孩子交给婆婆照顾，毅然而然地返回了连队。

　　2013年10月，林彩英穿上了军装，重新站上了训练场上，她觉得只有穿上军装，她的生命价值才完全得以体现，那时的她已经31岁了。当她再一次回到连队时，心里的激动与忐忑无以言说，激动的是又能穿上绿军装与战友们在训练场上摸爬滚打，能在关键的新时期为地方建设、服务群众做一份贡献。忐忑的是，每当空闲的时候，林彩英总在心里默默挂念着家里幼小的孩子，但她从未与他人说起过自己的心事与顾虑。

　　几年来，每当林彩英感觉力不从心的时候，她总觉得有股力量在指引着她，"爱岛尚武，励志奉献"的"海霞精神"，成了林彩英的人生导向，使她在困难面前不低头，在挫折面前不言败。不管是55周年庆典活动的艰苦训练、省里四套班子的军事演练、赴某特战旅参加集训，还是日常中的抢险救灾、应急突发等任务，她总是冲在队伍的最前方。身为班长的她，不仅严于律己，还将自己的班管理得有条不紊，井然有序。严谨的处事风格，使得她在营地里有着出色的表现，在这几年来，林彩英多次被评为"优秀骨干""优秀女民兵"。

2018年5月，林彩英到了退役的年龄，她心中有着万般的不舍，不舍与她并肩作战的战友们，不舍夜以继日挥汗如雨的训练战场。林彩英说："好想一直待在连队。"话语中，流露出她的不舍与留恋。"虽有遗憾，但是'海霞精神'已经深深融入我的血液里，融入我的骨子里。"十八年来，林彩英将自己的青春热血奉献给了海岛的建设，从而也成就了她严于律己、自强不息的品质，她的"海霞生涯"也画上了圆满的句号。

三

在"海霞"故乡，有这样一抹红，照亮了洞头的各个角落。或许你会认为这是英姿飒爽海岛女民兵的"海霞红"，其实不然。她们并非"海霞"的传人，但却传承着"海霞"的精神。团结一心、守护海岛，立志将奉献、友爱、互助、进步的志愿精神融入家乡的建设中来。洞头区微动力志愿者服务队，这一抹志愿红，点亮了洞头的公益事业，温暖了一座城市。

要说起微动力与陈素芳的故事，要从2008年5月12日说起。

陈素芳原是县广和电器厂的一名仓库保管员，一次机缘巧合，就在她下班经过中心街时，看到快乐之本义工队沿街进行义卖活动，从小对公益保有热心的她也想为社会贡献微薄之力，但她不知道自己是否能有这个机会去实现埋在心底的愿望，在片刻的犹豫间，她怀着忐忑的心情上前询问，是否能加入他们的义工队。在被允许的那一刻，她异常地激动，也就是这次不经意间的偶遇，从此开启了她的公益之路。

那年陈素芳已经 36 岁，家中有两个年幼的孩子，除了平常的上班之外，忙完了家庭的琐事，她就带着两个幼小的孩子一起去做义工，穿梭在大街小巷帮忙义卖，为弱势群体进行义工服务。一开始，家里人并不反对，但久而久之，随着义工人员的缺乏，任务的紧急，她经常不得不放下手中的碗筷，穿上马甲，匆匆地走出家门。时间一长，她几乎顾不上家里，因而被丈夫埋怨，两人甚至常为此而争吵。得不到丈夫理解的情况下，她默默咬紧了牙关，将眼泪咽下。

陈素芳说："我最喜欢的义工服务就是养老院项目了，因为看到老人的笑容，我就会很开心。"就是这样一份简单的初心，支撑着她走过了十几年的公益之路。在洞头的各家养老院里常常能看见她的身影，为孤寡老人梳头发、剪指甲，为空巢老人端茶送饭，甚至是整理内务，细致入微地陪他们聊天，她待老人们如自己的父母，而老人们，也常念叨着她。每周末，她总会雷打不动地准时出现在养老院，因为她的到来，院子里充满了欢声笑语。然而，有一次，陈素芳因身体不适，在医院打点滴，无法去养老院服务，义工队里临时安排了另一名义工前去养老院，老人们看到全新的面孔，有点着急，询问素芳为什么没来，为什么不是她。就是这样责任心极强的人，成为老人们心目中的好人，她熟知每位老人的身体情况、兴趣爱好，而老人们也只认她。在身体初见好转的时候，她便又投入到工作当中，她觉得不能让老人们等太久，不能让他们失望。从事公益工作以来，别人周末休息，她却默默无言埋头苦干，不管烈日还是酷暑，不管急风还是骤雨，不管崎岖还是坎坷，她都一如既往坚持着。

2010年12月，快乐之本义工队缺专职人员，陈素芳得知之后便自荐，想想自己已有两年的义工服务经验，应该可以胜任，她开始想要全心去做一件事。回到家中，她与丈夫商量辞去仓库保管员的工作，然而却遭到了丈夫的反对："女人就得好好顾家，成天在外跑，又挣不了几个钱。"丈夫的一番话，如冰棱刺向她，但并没有削弱她的决心，她不想让自己后悔。最后，她不仅说服了家人，更带动了自己的亲人朋友一起做公益。2011年开始，陈素芳成为了快乐之本的召集人。她说："人这一辈子短暂，应该要做些有意义的事，每一次亲身帮助了别人，不管是大事还是小事，一天还是几分钟，我都很开心。"

几年来，陈素芳为了让家乡的志愿者服务能有一个全新的高度，为了让洞头的公益事业能够更进一步。她不断奔走在各个县市区，学习其他团队的组织方式及开展活动的方法，2013年，她自发组建了一支民间公益团队——微动力志愿者服务队，后成立"微动力社工服务中心"。8月8日，微动力志愿者服务队正式挂牌成立之后，作为队长的她一刻也不停歇，带着志愿者们披荆斩棘开拓新项目，其中爱垒空巢、颐养计划、春泥学堂、爱心卡车暖百岛等多项公益服务就是由这一年开始逐步开展起来的。然而除了满腔的热情、不懈的毅力和坚定的信念外，做公益还需要一定的经费，很多与她一起加入到这份爱心事业的志愿者们因为工作、精力和经费等原因渐渐退出了公益组织，但她还是咬牙坚持下来了。经费没有了，她就从自己家里拿钱出来；人员没有了，她就动员自己的家人朋友参与；家人有意见了，她就耐心劝导直至取得家人一次又一次的支持为止。很多人都问她："你放弃了这么多，到底是图什么？"她总是温柔地回答："虽然干公益很累，但我收获到的却更多，我觉得一切都是值得的。"公益之路虽漫漫，但陈素芳一直坚持着"尽己所能、热心助人、传承爱心、服务社会"的宗旨，以正守初心，以恒践初心。

2020年春节，一场突如其来的疫情打乱了人们生活的脚步，1月27日，陈素芳接到助力疫情防控工作的通知后，作为政协委员的她义无反顾地带领自己的团队积极参与到抗疫工作中。次日早晨，她带着志愿者们走街串巷，进入各个社区进行广播和口头宣传，向居民强调疫情的严重性以及防护措施。为了响应抗疫防控的要求，2月1日开始，微动力志愿者们参与北沙片区和东岙村等各大码头卡口检测与渔船进港工作，日夜坚守关卡，加强防控工作。据陈素芳回忆，防控的四十多天里，她几乎每天天未亮就起来，然后到各个关卡驻守，深夜里才回去休息。志愿者们看着她的憔悴面容，建议她休息一下，她总是摆摆手说自己没事，在这关键时刻应该和大家站在一起，共同抗击疫情。

由于疫情严峻，公共交通停运。元宵节，村子里的老人无法上街买菜，很多孤寡老人行动不便更是孤立无援。陈素芳得知后，带着微动力团队，组织物品代买。她对村民们说："今天情况比较特殊，大家还是少出门，今年子女们不能陪你们过元宵节，所以买菜买药我们来，不管是去农贸市场，还是药店，我们一样不少买回来，您就安心在家吧！"陈素芳跟村民们说完几句话，便开始马不停蹄地奔波在替老人们买菜和购买生活必需品的路上，在这人人宅家的时刻，她不顾自己的安危行在前头，不仅解了居民的燃眉之急，还为他们送去了防疫爱心包，既安抚了居民的心，同时也为抗击疫情贡献力量。

这几年来，洞头的每个角落都落下了陈素芳的足迹。她的身影穿梭在学校里，为贫困学子送去求学的希望；她的身影穿梭在台风天里，抗台救灾无处不在。敬老院里有她温暖的问候，爱心食堂里有她甜甜的笑容，送助学款的路上有她健步如飞的风景。爱垒空巢、春泥学堂、爱心卡车暖百岛、颐养计划、万朵鲜花送雷锋、爱心粥等多项公益项目，逐渐在百岛落地开花，让无数个家庭、孩子、群体受益。她曾被评为浙江好人、温州市优秀巾帼志愿者、温州市十路英才、洞头区十佳义工最美女性等荣誉称号，在她的带领下，微动力志愿者服务队更是荣获了温州市优秀志愿服务集体、洞头区优秀社会组织、洞头区志愿服务先进集体、"十二五"洞头区残疾人工作先进集体、"最美兰小草志愿者"集体荣誉称号等。

传递微动力，凝聚微能量，这就是陈素芳与微动力坚守的初心。

泼出去的水

这是居家抗疫的第二十三天，正月二十一，国历上的情人节。

午饭前，父亲打电话来，女儿刚好尿了裤子，我正在为她清洗。从电话那端传来父亲焦急的声音，说是家里的电视遥控器不慎掉落而坏掉了，表示一定要来我家让我们帮忙维修。我边为女儿穿上衣服边故作淡定地让父亲仔细检查电池，心里表示让他在家再试试，疫情期间还是不要随意走动，父亲有点不耐烦了，从话音中可知，此时的他像个泄气的孩子，气馁、绝望。最后他生气地将电话挂了，再次表示会上门。

弟弟是区里的特警，疫情期间在单位里抗疫，没有回家，娘家里唯有父母亲。电视对于父亲来说，在这特殊的时期，可谓是视若珍宝，因为现在人人居家抗疫，无处得以消遣，就连楼下也是鲜少奢侈地迈出一步。这下可好，遥控器失灵了，可把父亲急坏了。他的第一反应是打给离家只有几步之遥的女儿，将最后一丝希望寄托在女儿身上。可是，却遭拒绝了。

父亲在挂掉电话之前，小声嘟囔了一句："这孩子没用。"话音含糊而清晰，我听得如此真切，随后，电话里传来了"嘟嘟嘟"的忙音，我的心里顿时泛起了阵阵涟漪，心里的五味瓶被推翻了，愧疚瞬间如同万顷波涛向我袭来。

我已经做好了父亲登门的准备，我想象他那深褐色的，有如海田般色泽的脸庞，努力挤出一丝苦涩的微笑。"喏，你看看，是不是弹簧坏了，让阿喜帮忙修修。"我甚至想好了在他进门的那一刻，用医用酒精喷洒他的衣服、双手。在此之前，父亲有几次来电，表示要来看看外孙女，都被我一口回绝了。如果此时，我用医用酒精喷向他，他会做何想法，会不会认为自己是不速之客？会不会认为自己不被欢迎？

午饭后，父亲还是没有来。我所期盼的敲门声，最终还是没有响起。心里掠过一丝落寞和悲伤，我为自己说的话而感到后悔，不该如此果断决绝。但是防控疫情迫在眉睫，此时，我希望的是，家人安康，为此决绝一点，也是情有可原，我在心里安慰着自己。

望着窗外春雨连绵，我仿佛洞见了父亲那双深邃的瞳孔，掠过一丝的忧伤，此时，他是否也在望向窗外，心里浮想着"嫁出去的女儿泼出去的水"，到底还是指望不上了？

我的"骑士"同学

手机突然响起，一串陌生的手机号码显示在屏幕上，电话接通，那头传来了急促的声音。

"你好，你的外卖到了，出来拿一下。"

接到电话，我放下手中的书，透过值班室的窗户向外瞧了瞧，转身向门口走去，而此时，保安已替我接过了外卖，正当他要进保安室将便当转放在桌上时，我唤住了他："您好，叔叔，是我点的外卖。"

我接过保安手中的便当，与他寒暄了几句，便要回去值班室。门外站着的外卖"骑士"向里探了探头，一个响亮且又熟悉的声音传来："你又改名字了？"话音落下，几分沙哑的音色如铁门外纷纷扬扬的尘土。我感到有点莫名其妙，心想着我并不认识他。我迈着轻盈的步伐走上台阶，而那人并未离去，好像在等待一个久违的答案。我小声地回答他："一直是这个名字，从未改过。"便径直地走了进去，"骑士"默默离去，以最快的速度消失在这冬日的寒风里。

回到值班室，思索着刚刚离去的"骑士"，怎么也忆不起来曾见过他。看了一眼包装袋外的送餐单子，瞄了一眼名字及电话，还是没印象，想来他是认错人了。虽然还没到晚上饭点的时间，但也抗不过肚子的鸣叫，索性将书合上放置一旁，打开外卖便当独自吃了起来。便当吃到一半，猛地似乎想起了什么，刚才为我送外卖的那位"骑士"，莫非是小张，我虽戴着口罩，但他竟也识得我，而我却没仔细与他回话。放下餐具，我立马给他发了一个微信消息："刚才是你呀，不好意思一时没认出来。"心中感觉有着几分歉意，而这时小张同学也很快就回了消息。

小张同学是我的初中同学，一个个子高挑、颇为强壮的男孩。上学那会儿，只记得他皮肤白净，有着两个小虎牙，面容长得清秀。刚入初中时，他的学习成绩并不理想，常与班里的几个男孩四下里恶作剧，三番五次被老师请到办公室，初中毕业后，我就鲜少看到他了。

偶尔在朋友圈看到他的生活点滴，是他成家立业之后，有了两个乖巧可爱的女儿开始，生活倒也是平淡而美满。知道小张成为一名外卖"骑士"大约是在去年，一次机缘巧合，他恰巧为我派送外卖，打了个照面，匆匆聊了几句，便各自散去。多年未见，如今的他比学生时代更加高挑而健壮，一身蓝色的"骑士"服装，几句简单的话语，腼腆的笑容，少了中学时期的蛮横，我甚至看不清头盔下他的脸庞，或许时过境迁，有了几缕沧桑了。

同窗三年，我们的交情并不深，只是他的一脸痞子相在学生时代给我留下了深刻的印象。从一个不学无术的人，变成了勤勤恳恳，整日里与时间赛跑的人，这期间或许发生了太多的变数。伴随着二女儿的出生，他每天骑车在路上来回驰骋，不舍得落下一单，生活的磨砺逐渐让他成为了一个有担当的丈夫与父亲，他的角色开始变化，数年未见，他如同变了一个人。

有一次偶然得知他在送外卖的途中受伤住院，且伤得不轻。平日里，我极少点外卖，但也知道"骑士"的艰辛与不易，未在规定时间将外卖送达，或许会得到差评，甚至要赔钱，显然，送餐追求速度，需快速抵达。所以在车水马龙的路上，常常可以看见骑着电瓶车疾驰而过的"骑士"，他们在与时间赛跑，节省一点时间，就能多接一单，多接一单就能多赚几块钱，积少成多，孩子的奶粉钱与学费就不愁了。

　　十多年的老同学，虽然互加了微信，但平时各自忙碌，却也很少有时间聊天。一次偶然，我看到了他的微信留言，似乎颇为着急，仔细一问，原来是因为大女儿读书的事。语气委婉，带几分迫切。一个人一旦进入到了父母的角色，眼里、心里便全都是孩子，磨平了曾经年少轻狂、桀骜不驯的棱角，背负着艰辛的生活。都说，成年人的世界没有"容易"二字，我想应是从呱呱坠地的那时起，就注定不容易。生而为人，要学会各种生活的技能，摸爬滚打，遍体鳞伤，才能变得坚强。

　　曾经看过这样一个短视频，也是关于外卖"骑士"的故事，虽然有些虚设与浮夸，但也真真切切地呈现出了生活的不易。一个以送外卖为生的"骑士"，是家里的主心骨，为了养活一大家子，他开始不停地接单。积劳成疾的他不幸在马路上发生了意外，一辆飞驰而来的大货车撞向了他，而他却来不及躲闪，被重重地摔在了地上，当他起来的时候，并没有马上去往医院，而是忍着剧痛将外卖送达，却收到了别人异样的眼光。此时的他并不知道自己已经遇险身亡，强忍着身体的疼痛接连不断地送外卖，妻子的话频频在他的耳边响起，孩子的学业费用成了他奋斗的动力也是无法喘息的重担，他告诉妻子，接完这几单，这个月的业绩就能达到一万，就能交上孩子课外辅导的学费。之后的几天，他的身体发生了局部的腐烂，散发出恶臭，但他还强行奔驰在各个地方，他想尽办法，不让自己的身体腐烂，用了大量的防腐剂涂在自己的手上，用保鲜膜裹上，甚至将自己藏进冰箱。看到这里，我的心中掠过丝丝的悲伤与难过。一个人，即使在他遇险之时也不愿意离开，想着多挣点钱，就能减轻家庭的负担。

最后，这个"骑士"如释重负地离开了，即使在生命的最后一刻，他也想拼尽余力，只为能交上孩子的学费，应付家庭的开支。

不管是在马路上飞奔疾驰的"骑士"，还是写字楼里的白领，同样是为生活奔波，同样是为衣食无忧奔波。包括我自己在内。儿时急切盼望长大，长大之后才知生活的不易，才懂父母的良苦用心，每个角色的背后，都是责任与付出。借用一句网络上曾风靡一时的话："生活不易，且行且珍惜。"

失明中的光明

奶奶并非天生就失明，听说在七八岁时出了麻疹，发了高烧，没有得到及时的医治才导致眼睛失明。还有人说，奶奶是因为得了针眼，然后才逐渐失去眼观的功能。

奶奶是家里的老大，家里有五个兄弟姐妹，人们都说，长姐如母，当时只有十几岁的她就承担起来家里的大小事务并负责照管幼弟幼妹。

嫁给爷爷的时候，奶奶才十几岁，眼睛已经有了黑影，因为身患残疾，奶奶的婚事，是奉了祖爷爷之命，托了村里的媒人才促成的。因为奶奶的眼睛慢慢地变得不好，所以她刚嫁到村里来的时候，日子过得并不顺心，直到有了孩子，奶奶才开始有所寄托。

奶奶一生生育六个子女，我父亲是家里的老二，为了儿子成家立业之后有地方可以居住，奶奶在自己的房子边建了三条间二层楼的房子。石头房正面朝海向阳，站在楼上的阳台上，可以看见不远处的大海，这几间石厝，老大、老二、老三各一间。

记得小时候，父母种紫菜忙，托奶奶照看我。而我常跑到海边去玩耍，玩到傍晚忘记回家，直到黄昏将尽，日落西山才下意识地赶紧沿小路跑回来，一路小跑，便听见奶奶站在门口喊我的名字，声音急促而有力。呼唤中，拉长了的音色伴随着晚风开始消散，传至村子里的各个角落。因为奶奶的眼睛看不见，无法去海边寻找我，她只能走在她最熟悉的范围里，那就是门前不远处的几垄耕地。每当听到奶奶呼唤我回家吃饭的声音，我总会边跑边上接不接下气地回应她的呼唤。说来也奇怪，奶奶竟能准确地分辨出我声音的来源，以及所处的方位，并会走到我家门前的台阶上，她并不下台阶，而是等到我渐渐走近，走到她的跟前，她才会松下一口气。

　　都说眼睛失明的人，听觉会非常敏锐，果真是如此。小时候，每当我蹑手蹑脚地靠近奶奶屋里的一个大水缸，奶奶总会如同先知一样，呵斥一声，吓得我不敢靠近，在奶奶不注意时又偷偷溜过去，将头埋在大水缸里翻找着可以吃的东西。在以往，村子里的寻常人家都会将干粮、饼面之类的储存在没有水的水缸里，水缸又大又深，与那时我的身高不相上下，翻找起来有点费劲。奶奶有储物的习惯，我是知道的，亲戚邻居给的一些面包、饼干、糖果之类的，通常会放在水缸里。有时，奶奶会从缸里拿出，递给我吃。见多了奶奶从水缸里拿出好吃的，我就断定这是一个百宝箱，有各种各样好吃的，所以，每当被馋虫嗜咬的时候，我便会偷偷摸摸去水缸里翻找，然而每一次都会被奶奶逮个正着。

　　直到如今，奶奶还是喜欢将干燥的食物放在水缸里储存。前不久，因为心情烦躁，我带着笔记本电脑回到了老家，家中的老房子已经年久失修，家具被厚厚的灰尘所覆盖，没有一处可以落脚的地儿。坐在奶奶的房子里，将笔记本电脑放置在餐桌上，开始敲字。奶奶坐在桌子的另一边，一边问我电脑长啥样，我详细地描述着。奶奶用手触摸着，从显示屏到键盘。历尽一生，奶奶都在用这双长满了茧子的手，摸索着眼前的一切事物。奶奶是个非常爱干净的人，虽然眼睛不便，但生活中的琐事，她却做得利索。由于常年的劳作，她的手指变得水肿粗大，大拇指上的指甲已经严重变形，倒长在肉里。有时，我牵过奶奶的手，盖在我的手心上，用另外一只手轻轻抚摸着变了形的大拇指。

"阿妈，这个手指疼吗？指甲都长在肉里了。"

奶奶却摇了摇头，笑着说："平日里不疼，一到风来的时候，手指就会一阵一阵抽着疼。"

我想来，这是风湿无疑了。

我默默地敲击着键盘写了一些小片段，这里足够安静，可以心无旁骛地写上好一会儿。奶奶静坐在一旁，有时小心翼翼轻声地问一些无关紧要的事，生怕打扰了我，我的视线从未离开过显示屏，一边忙碌于我的构思，一边轻声应答，这种氛围，轻松而自然。

周围静得只能听到喘气的声音，奶奶见我久未出声，便轻声问道："橘子吃吗？"

我埋头仍旧做着烧脑的事，无暇顾及吃，便回了句："等会儿吃。"

奶奶从长椅上离开，转身走向厅堂。在农村，见惯了这些细长的木椅，高矮都有，粗细分明。奶奶坐的这把，已有些年了，椅脚开始有些摇晃，稍微胖一点的人坐上去，就会发出嘎吱嘎吱的响声，像是随时都会散了骨架。

奶奶已从厅堂回到餐桌前，我已将椅子换作塑料椅，对于年事已高的奶奶，倘若摔上一跤可是件不得了的事情。奶奶对此毫不知情，如此一去一来，非常顺畅，完全不会蹭到家具墙面，与正常人并无两样。在这几十年的时间里，奶奶在这个屋子里，不知道走了多少趟，从陌生到熟悉，再到熟知，这是需要时间沉淀的，从少妇变作如今白发苍苍的老妇了。奶奶将两个大丑橘放在了我的电脑显示屏后面，让我拿起来吃，然后又安静地坐回到了我的身边，开始唠叨起丑橘，说自己吃不惯这样的橘子，硕大不说，一个下肚，太过于饱腹，最重要的是还不甜。

似乎老人家都很喜欢吃甜的东西，但凡是甜品菜肴，都会多撒些白糖。我寻思着，或许是老一辈年轻时吃过太多的苦，所以到了年老，想留点余甜。

我拿起一个丑橘剥开，开始吃了起来，奶奶追问着："味道如何？"我笑着回答说："挺好吃的，很有水分。"

"这是你婶婶上次回来买的，我也吃不来，就拿了几个给你叔伯，你喜欢吃就多吃几个。"

从小到大，奶奶对我比较偏爱，每当回去老家时，她都会从水缸里掏出一些糖果，她知道我喜欢吃糖，所以也积攒了一些糖果，有时候糖果已经过了保质期，甚至软化腐坏，奶奶全然不知，当做宝贝似的存了起来。长大之后，我逐渐不太喜欢吃甜的东西，奶奶在我每次临行之前，还会将两包喜糖塞到我的手中，并嘱咐带回去给孩子吃。

如今已是耄耋之年的奶奶，虽然走路颤颤巍巍，但是腿脚还算利索，外能耕种几垄田地，一年四季松土、除草、播种，顺应时节，做到每季都不落下，田里季季有蔬菜。内能将家里打扫得一尘不染，清洗被褥、衣服都是亲力亲为。

前段时间由于家门前在修路，挖了一个很大的沟渠，断了奶奶前去田里的必经之路。整整一个月时间，奶奶都无法去照料田里的农作物。直到公路修建好了之后，奶奶才让我带她去田里，按说修建好的公路比之前的小土路平整宽大的多，但是奶奶反倒不会走了，因为曾经熟知的方向以及借助物已经完全不一样了，奶奶险些迷失了方向。

扶着奶奶走到田里的时候，她像个孩子一样小心谨慎，生怕跌倒。就像小时候，我牵着她的手一样，虽然她看不见，却极力护我周全。

田里的蔬菜久未施肥，长得矮小又稀疏，部分已经叶落枯黄，我主动请缨为这些农作物浇水，奶奶倒腾了一下粪桶里的肥料，意在让我施肥。这些肥料大都是粪便，每日堆积而成。民间有句话说："好作物还需施农肥，施过肥的比没施肥的相差很多。"尽管如此，对于施肥我心里还是有所抵触的，毕竟谁也不愿意靠近这恶臭的粪桶。奶奶用洒水壶一壶又一壶装满清水往半满的粪桶里注入，还好是在寒冷的冬天，粪桶里鲜少有蠕动的白色的蛆虫，不至于让人太过于难受。

施肥用的粪勺是用一个废弃的头盔做成的，套上一把加长的木柄，借手力舀起。在二十世纪五六十年代里，贫穷的家庭买不起肥料，都是用粪水兑水制成肥浇灌农作物，如此才养活了一代又一代的人。如今的生活水平好了很多，超市、菜市场蔬菜琳琅满目，不费吹灰之力就能买到，年轻一代哪能愿意费心劳力去种植呢。

奶奶在旁边用锄具小心翼翼地为作物松土边说："施肥的时候，不能太过心急，将肥料直接倒在菜叶上，这样菜叶很容易就枯黄腐烂，应该将肥料倒入刚松好的土壤里，从菜的根部渗入，这样蔬菜才能长得更好。"一盏茶的工夫，几垄大大小小的农田都已施好肥，尽管有些烦琐，但我也为能替奶奶完成一件事而感到开心。

返程之前，奶奶从田里拔了一些菜装在袋子里，硬塞在我的手中，并说道："自家种的菜，没有打过农药，很安全，比菜市场买的菜好吃多了呢。"

奶奶的眼睛虽然失去了光明，但在她的心中却充满了阳光。她驻守在这座安逸宁静的山村，尽管大多数人已经搬迁、离去，但奶奶就是不愿离开。这里虽然不是她的生根之地，却终会是她的归根之处。

忆旧年

大年三十晚上，素来有守岁的习俗，整夜不眠待到天亮。

一到除夕之夜，如往常一般，到了深夜，终究挨不住了，睡了过去。只感觉还在由浅眠进入深度睡眠的状态，刹那间，在鞭炮的轰炸声中突然惊醒，虽然每年到了这个时候早有了心理防备，但仍是心有余悸，耳膜遭受着双重的轰击，难免有些恐慌。

跨年之夜，有多少人等待着那一声声鞭炮声如期而至，如同是在为年尾画上一个圆满的句号，又像是为新年的开端打响第一炮。从小到大，在洞头，每逢大大小小的节日、喜事，都会放上几个鞭炮，到了跨年夜，更是只增不减，变本加厉起来。怎料得，突然间一声闷响，震耳欲聋的声音便从地面上升起，在半空中开了花，着实令人心里一怔，吓了一跳。瞬时，巨大的声响在天际炸开了，花火四散。跨年夜，男人们在楼下点燃烟火，家中的妇孺则倚窗观看。透过透明的玻璃，这些四散的花火，仿佛是黑夜里的流萤，在夜空中盘旋、飞跃、逃窜。消逝，继而又复现。绚烂的火花透过卷帘传至房间里，白墙上光影婆娑，如同白日一样光明。

房里留有一盏灯，据说不可熄灭，从三十晚上一直点到大年初一早晨，这是从古至今，根深蒂固的民间习俗。虽然亮灯无助于睡眠，明晃晃的，刺痛了眼睛，但老一辈的话，还是要听的。

几度辗转，望着灯影如日影，迷离了眼睛，一时晃了神。

口干舌燥，披上外衣坐起，到厨房烧了壶开水，等待之余，在灯火通明的客厅里来回踱步，直至水壶里的水烧开。通常水壶烧开之后，都会有提示音，大约几分钟过后，如约地听见热水壶里"嘀"的一声，翻滚的热水顿时停滞了下来，恢复了平静。等不及热水持到恒温，便倒上一杯端至房内，打开书桌上的台灯，白炽灯光使得案台上的物品渐渐清晰了起来。转头望着闺女熟睡的脸庞，时而吧唧着嘴巴，仿佛是在回味着白日里的佳肴。我的视线从小木床回到书桌的案台上，望着堆积如山的书籍，一本本相叠在一起的，足有一米之高，有些成摞挤在一个小书架上，有的是平时常抽出的一两本，随处可放，也随手可取，读来方便。手持马克杯轻轻抿上一口开水，忘记是刚烧好的，被烫得咋舌。侧身倚靠在椅背上，用双手环抱着屈膝的双脚。听着窗外此起彼伏的鞭炮声依然源源不断地响起，远处，近处……处处掷地有声。

窗外热闹，窗里寂静。在这渐失的年味里，唯有鞭炮在维持着新年里的喜庆。

都说新年胜旧年，一年好过一年。但年年岁岁，就如同白驹过隙，转眼间，盼望着长大的那群小孩，终究还是实现了这个最为朴实且人人都会实现的愿望了。

记得小时候在小山村里过年，甚是热闹。虽没有富丽堂皇的屋舍，却也是窗明几净，一家子其乐融融。那年还在上小学，从开始放寒假起，就知道离过年不远了，从而开始期盼。临近年前，母亲会去城镇里置办年货，除了平日里吃不到的各色美食，当然也少不了一身新衣服。在以往，温饱尚忧的年代，贫寒的家庭，能吃饱饭已是万幸，一身心仪的新衣显然成了奢望。好在父母都是勤恳之人，家里日子虽过得清贫些，但温饱暂不用担忧。平常的穿着大都是用大人的衣服改制的，或是亲戚家姐妹穿不了褪下来的，母亲改改也能再穿上一两年。即便如此艰苦，每年过年，母亲都会为我买上一身新衣服，一双新袜子，年年如此。

听闻母亲从城镇回来了，未等母亲从院子上的台阶下来，我已经三步并作两步奔跑了上去，接过母亲手中的袋子，我知道，里头就装着给我的新衣服。万分欣喜，独自一人跑到房间，抽出袋子里的新衣服，左看看，右看看，上下比画，不胜喜欢。除夕夜晚上，新衣服通常要被整整齐齐地叠放在床头，将新袜子藏在枕头底下，睡觉之前还要看上几遍，小心翼翼地平铺好，生怕衣角有了褶皱，无恙之后，才能安心入睡。等待正月初一那天，大清早就醒来，穿上新衣服，套上新袜子，满心欢喜在村子里"招摇过市"。

从除夕夜开始到大年初五，村子里热闹非凡，大人凑在一起打牌。小孩子提着自制的油灯四处游走，这些个油灯可不是寻常的油灯，都是农村里的孩子亲手制作的，做油灯同时也是"入队"必备的绝技之一。在年前，这些孩子就会开始收集铝罐子，这些罐子用来做什么呢？当然是用来做油灯，将罐头的封口剥除，用清水洗净晾干，在开口两端用铁钉打上两个小孔，将铁丝穿过洞眼儿，用钳子锁紧，最后须得用一根细铁棒当作灯柄。既然是油灯，当然是要用到油，然而罐子里的油并非普通的食用油，都是家里渔船上用的柴油，被小孩子拿来做几罐油灯，大人们却也是不反对的。有时候，大人还会帮忙一起做油灯，一阵敲敲打打，犹如铁匠在打铁一般，闹出不小的动静，引得邻里的小孩子无心写作业，全跑来看油灯制作了。油灯表面的活儿做好之后，要在罐子里塞进一些棉花，再将柴油倒入棉花里，浸湿之后，擦一根火柴丢进罐子里，就能将棉花引燃。洞头并不盛产棉花，罐子里作为引火物的棉花是哪里来的呢？大多是破旧棉衣、棉被上扯下来的，有时候因为没有废旧的棉制品，只能偷偷地从自家的枕头里抽出一些棉絮，塞到罐子里，等到母亲发现的时候，枕头里的棉絮已经成了油罐里燃烧殆尽的棉灰了，更有一些同伙儿，偷棉絮被长辈逮个正着之后，只能用一些破旧的布条代替棉絮了，别说，也点着了。

油灯用过之后，就会被火焰烧得焦黑，虽然还能再用，但也不美观了，大多数的人都丢弃了。但是年年都要"入队"游灯，铝罐又是制作油灯的材料之一，总是缺少。直到后来，不知谁人率先发明了菜梗油灯，像极了现在的火炬。所谓菜梗油灯，就是将卷心菜的根茎部位与球状部位分开，在菜梗的中心挖上一个洞，却不可全挖空，以免漏油渗油。每年冬天，一到卷心菜收成的时候，大人们故意将根茎留在土壤里，只取菜叶，这样一来，菜梗便可以做上几十把的小火炬，够用到元宵了。

入夜的小山村虽然清冷，但年夜里却也是不一般地热闹。记得以前，村子里长着成片的竹子，然而这片小竹林却是玩游戏的绝佳躲藏点。黑夜里，伸手不见五指，小孩们拿着油灯四处游走，游戏时间一到，熄灭手中的油灯，隐秘在竹林中，找的那个人，提着自己的油灯，逮着一个，那个人就点亮油灯与他一起寻找。找着找着，被浸染的岁月突然间就缩短了。村里的娃们为了学业，四处奔波求学，那片小竹林最后也被砍伐了，长大以后总试图找回小时候的那种简单的欢乐，却发现怎么也回不去了。童年里的记忆，是长大以后，岁月留给我们的馈赠。

　　除夕夜陪女儿放烟花，就在楼下门前的一小块空地上。女儿有些胆怯，远远地观望着一个个被点燃的烟花，在眼前噼里啪啦四散开来，喜悦中又带着几分恐惧，这种又爱又怕的心情像极了我们儿时放鞭炮的情景。小时候，一到过年，家里的大人不让买烟花，也可能是没有多余的闲钱买。按捺不住的小孩就在被燃尽的鞭炮花里寻找那个没有被点燃的"幸运儿"。农村里放的鞭炮无非有两种，一种是长串的大地红，另一种则是双响炮。大地红是由许多个小爆竹组成的长串儿鞭炮，所以在被点燃爆完之后，有时还会留有几个"幸存"的小爆竹，这些小爆竹就会被小孩拾了去，再被二次点燃。很长的一段时间，小孩们以拾小爆竹为乐，各种使坏，将点燃的小爆竹扔进水缸里，导致水缸崩裂。

　　多年之后，我们住在宽敞明亮的屋舍，喝着美酒，品着佳肴，放着绚烂多彩的烟花，但不知怎的，却没有了昔日浓郁的年味。

　　窗外的烟火稍有平息，睡意悄然来临，连连打了几个哈欠，天逐渐亮堂了起来，楼下渐渐也有了行人，这些早起的人儿，兴许一夜未眠。有去买菜的妇人，有清扫满地狼藉的环卫工人，虽是正月里，却毫无懈怠的感觉。

　　"年年岁岁花相似，岁岁年年人不同。"

　　一年又一年，从花开到花谢，从孩提到而立，转眼三十年，与逐渐消瘦的回忆并存。

辑三

渔家傲

地瓜藤

一次出差在外，天色渐晚，由于所在地区偏远，只能徒步回到住处。在昏暗的小巷子里，一位衣衫褴褛的老人推着小车，沿路叫卖烤地瓜。刹那间我毫无防备地被地瓜的香气击中，鬼使神差般地顺着地瓜的香味朝向老人走去。靠近小车，我明显感到自己暗地里咽下的口水，顺着干涩的食道滑落到饥肠辘辘的肚子里，我瞧了一眼时间，也该到饭点了。

"老伯，您这烤地瓜怎么卖？多少钱一个？"

老人戴着一双隔热的棉质手套，不紧不慢地从烤箱里拿出一个地瓜，用牛皮纸包了起来，微笑道："姑娘，你不是本地人吧？我在这里卖烤地瓜二十年了，从未见过你。"

"我来这里出差，刚好路过这里。"接过老人打包好的地瓜，付过钱，我正准备离去。这时，老人又接着说道："我这地瓜是自家种的，用慢火烘烤出来的，绝对好吃，你吃了还想再吃。我这也快收摊了，再送你一个吧，明天我指不定不在这儿了。"老人又从烤箱里娴熟地掏出一个地瓜，递给了我。

"沿着这条巷子往前走，就能到你要去的地方，记住千万别拐弯。"想赶在天黑之前回去的我已先行了几步，老人的声音在我的身后缓缓传来。我向他挥挥手表示谢意，快步向前，烤地瓜的温度透过一层牛皮纸传进了我的手心，心里瞬时被异乡的温暖所感动，感叹着这世上还是好人多。

回到住处，正当我要解开牛皮纸的时候，脑海里老人蹒跚的身影以及他推着小车的画面却在眼前浮现，孤独又落寞，沧桑的脸庞在无情的岁月中，慢慢黯淡无光，沙哑的声音幻化成魔音似的不断在我的耳畔响起，谆谆的叮嘱，是否可能像我从未谋面的早已逝世的姥爷。被包裹在牛皮纸里的烤地瓜还是温热的，剥开熟褐色的地瓜皮，香气顿时扑鼻而来，这地瓜确实好，软糯香甜。

吃着他乡的烤地瓜，思绪恍惚间，突然想起一个星期前，家里的长辈送来的一袋刚出土的地瓜，这些地瓜多为红心地瓜，洞头人常称为"红牡丹"的地瓜品种。这些夹带着泥土芳香的土地瓜，被装在三十斤的米袋里，袋口用尼龙绳扎紧，是托他人送到家里来的。从小，我便生长在小山村里，家里种有几垄地瓜田，地瓜是打小吃到大的。我栽插过地瓜、刨过地瓜，当然也吃厌了地瓜。

我出生在二十世纪九十年代，农村里早已废除了人民公社，不再是依靠劳力挣工分的年代了，村民的生活虽然清贫，日子过得拮据，但温饱已然不成问题了。听父亲说起过，在六七十年代里，农民常吃不饱饭，常有"一季红薯半年粮"的说法，村子里组织大队，依靠劳力挣工分，男劳力每天六分，妇女每天三分，小孩子依据情况计分。男劳力又分为重劳力和轻劳力，重劳力挣的工分多，在村子里的后山开采、分拣、搬运石头，轻劳力的则种植一些地瓜、土豆、玉米之类的粮食，生产队按人口挨家挨户来分口粮。现如今，百姓的生活水平好了，但栽种地瓜的习惯还一直保留至今，家里但凡还留有一点地的，大都会种上几垄地瓜。

　　每年的谷雨时节，据说最适合栽种地瓜苗了。村子里的老人们常说起这句俗语："谷雨前后栽地瓜，最好不要过立夏。"立夏之后栽种的地瓜，产量就非常之低了。谷雨前夕，母亲筹备着开垦田地，将土地疏松一番，从集市上买来了数百株地瓜苗。种地瓜并非随意就能种上的，须得选一个适宜的天气将地瓜苗栽插到田里，不能在烈日下栽种，阳光暴晒，地瓜苗容易晒蔫，也不能在大雨滂沱的雨天栽种，刚种下的苗儿容易淹死，只有阴天最为合适。那时我觉得好玩儿，曾随母亲栽插过地瓜苗，先得将集市上买来的地瓜苗用剪刀分成几小株，在田里挖上些浅浅的小洞，将剪好的地瓜苗根茎部埋在土里，用手将两边的土壤拨进小洞里填埋好，再用锄头将土壤压实，完成插秧的活儿之后，须得用洒水壶在地瓜苗上轻洒些水。都说地瓜好种植，但枯蔫的现象常有。

　　待到农历四月份，地瓜藤开始生长，根茎在土壤里生根扎实。翠绿的藤蔓如同在田地里匍匐的侦察兵，向四处探测。又仿佛是行走的植物，藤蔓肆意地繁殖，一株变为两株，两株变为四株，根茎盘根错节，缠绕在一起。那绿中略带一点紫红的藤叶，在泥土上悄然开出几朵淡紫色的花儿，呈现出嫣然的美。在那饥一顿饱一顿的年代里，地瓜的结成须有些时日，但地瓜藤叶却救过许多农民的性命，无米下锅的时候，百姓们常将上层的地瓜藤折下，嫩的藤叶留下清炒充饥果腹，老的则喂猪。记得小时候，母亲常将地瓜叶清洗干净之后，熬煮咸粥。洞头乡村里的咸粥是极好喝的，既区别于其他地区的烹煮方式，又融入了海岛独特的鲜香。咸粥里加入了自家结成的土豆、蚕豆、胡萝卜之类的，还加入了晒干后的带鱼。待粥将熟的时候加入几片地瓜叶，再熬煮些火候，咸粥就鲜甜爽口，令人回味无穷。

记得小时候，一放学就将书包往餐桌上一丢，飞快地跑到地瓜田里玩耍，扯下一根长长的地瓜藤，去除藤蔓上的叶子，将藤蔓上的青茎折下一小段剔除，以此规律，留有完好的一段，再剔除一小段。虽是折下，但是整体还要连着藤脉，不可完全断了的，剔除完毕之后，手持一串，就类似于珠子穿成的一般，可以制成地瓜藤项链戴在脖子上，有的制成耳环吊坠悬挂在耳廓上，还有的就是手环、头环之类的，总的来说玩法是花样百出，只有想不到的，没有制不成的。穿戴着这些自制的装饰品，在田埂里追逐奔跑，跑着跑着，地瓜藤散落在地上，被埋进了土壤里，而这些戴着地瓜藤的孩子，也逐渐消失在了旧时光里。

土壤里的地瓜长成时，要待到秋后了。那时的地瓜藤已经老得不行，藤蔓由原来的翠绿变成了褐绿色的，刨出来的地瓜，红粉相当，如面若桃花的佳人的粉黛。一株地瓜藤可以刨出一小箩大小不一的地瓜来，可见地瓜的产量惊人，闹饥荒时，用地瓜当作主食，倒也解决了无米下锅的苦恼。这也是农民为何喜欢栽种地瓜的原因。每年待到地瓜收成的时候，家里的地瓜便堆积如山，食之不尽，过些时日地瓜就容易腐发毛，母亲便将地瓜挑选出来，制作成各种食品，方便储存。

绞地瓜粉，是当时农村里最流行的地瓜加工方式了。但绞粉机器仅有一台，村民们就事先在家中将地瓜进行清洗、削皮，装上满满当当的两大桶，不远百里山路，挑着地瓜来到隔头村部，绞地瓜粉的机器就类似于现代的破壁机，但体型比破壁机大上好多，将削过皮的地瓜投入机器的搅拌口，启动之后，机器开始运转，白净的地瓜便在机器里不停地旋转，直到被粉碎，机器的另一出口，则会流出浓浓的乳白色的地瓜浆，顺着管道流到容器里。地瓜粉好不好，从地瓜浆就可以看出。地瓜完成绞碎后，村民将地瓜浆装好再原路挑回家。地瓜粉的制作重点在于地瓜浆，将地瓜浆将放在特质的洗浆袋里，这种袋子是用纤细的绳子织成的网袋，网眼较小，地瓜浆倒入袋中，用双手揉捏，直到地瓜汁与地瓜渣进行分离。过滤之后的地瓜汁需放在盆中沉淀，撇去上层的浮粉与脏东西，再进行二次过滤，直到地瓜汁如琼脂一般细腻，就静置在盆里或桶中慢慢结成淀粉。淀粉结成块状之后就可以将分成小块，放到圆形的大簸箕里晒干，等到淀粉的水分慢慢蒸发之后，用手指轻捏，形成干粉末就完成了。这种古老的制作方式在儿时还常有看到，到如今却越来越少见了。晒干之后的地瓜粉可以储存很长时间，可以用来制作洞头特色美食：猫耳朵、团结一致、泡圆、芋圆等。余留的地瓜渣已无多大用处，大都被随意晒在地上，成为了猪食。

洞头的冬天带着丝丝的湿冷，由于处于沿海地带，空气有些潮湿，秋天收成的地瓜如不妥善储藏，到了冬天冻坏了便会腐烂。在洞头的乡村中，时常可以看到土墙上一些大大小小的洞，这些便是用来储存地瓜的窑洞。在二十世纪六七十年代，农村里流行挖地瓜洞储藏地瓜，这些洞通常在土墙上，有大有小，有斜洞也有竖洞，每个洞深两米左右，据说在地瓜洞中，数红土墙的最好。地瓜洞是天然的恒温保险储藏室，洞口极小，洞内的空间极大，农民将吃不完的地瓜放进洞内，用一块木板遮挡洞口，这样被储存的地瓜能更好地隔绝外界空气、水分、光源，营造出一个恒温环境，地瓜洞里的地瓜据说可以保存长达八个月之久不腐坏，也解了农民储存地瓜的难题。

地瓜在农村是个宝，除了在饥荒的年代被作为主食之外，还有多种吃法。在儿时，我最喜欢的就是刨地瓜丝了。绞地瓜粉的生地瓜有余下一些，就用来刨成地瓜丝，拿来刨丝器架在水桶上，手持削皮的生地瓜在刨丝器上擦丝，地瓜丝就落入桶内。这时须将这些生丝放在晒帘上晾晒，晒干之后的地瓜丝就可以收纳储存。小时候好奇，偷偷地将地瓜丝塞进嘴里，被母亲发现后教训了一番，说是生吃地瓜与地瓜丝肚子里会长蛔虫，自此之后，吓得我再也不敢生吃地瓜了。在农村常将地瓜丝与地瓜片晒干，既方便了储藏，也是民间美味的粗粮。

水煮地瓜是家常便饭，将小个头的地瓜洗净去皮放些清水，在高压锅里煮上片刻，就可以盛碗食用了，几个地瓜下肚管饱。没吃完的水煮地瓜可以用刀切成薄片，放在竹子编制的晒帘上晒干，等地瓜片里的水分慢慢蒸发，就形成了地瓜干，这样的地瓜干会逐渐糖化变得更加香甜，软糯有弹性，是儿时常有的零食。除此之外，烤地瓜也是山村孩子的一大乐事，小时候家里用的是土灶，每当母亲生火做饭，我们就拾上几个小地瓜放进土灶洞里，让燃烧的柴火慢慢熏烤生地瓜，柴火熄灭之后，须将地瓜埋在柴灰里再闷上几分钟，烤地瓜才完全熟透。在零食稀有的年代，烤地瓜的味道不亚于其他的美味佳肴，至今令人难以忘怀。

如今，父母亲不种地瓜了，家里偶有亲戚托人送来地瓜，煮上几回，也是忆苦思甜，地瓜的回忆占据了整个童年食味中重要的一席之地。地瓜的味道，是乡土的味道，与那一簇簇缠绕的藤蔓交织在一起，地瓜藤，接连了思乡之情，是源源不断的乡情思绪，可以分离，却无法分割。

行走的沙蟹

住在大海边，最上心的当属徒手抓沙蟹了，海岛的小沙蟹，虽远不及阳澄湖的大闸蟹有名，却也是海岛人家的一道美食。

说起阳澄湖大闸蟹凝如玉脂的蟹黄，想必人人都会垂涎三尺，暗地里咽下口水。大闸蟹虽好吃，但也不是人人都能吃得起的。但小沙蟹就不同了，亲民而实惠，海边的沙滩上随处可见，信手"捉"来。小沙蟹的个头虽小，却也五脏俱全，身上背着一个椭圆形的硬壳壳，长着一对火柴棒似的突兀的眼睛，眼柄细长，轻巧又精致，称得上是螃蟹家族中的袖珍子孙了。

凡在海边长大的人，没有人不认识小沙蟹，经常捉来把玩。这种路人皆知的小沙蟹，有人称它为"招潮蟹"，因它那一对摆在前胸的大螯像是武士的盾牌，在沙滩上行走时，经常挥舞着，故而得此名。这个"招潮"的动作，目的是用大螯威吓敌人，以求自保，或是求偶，向雌沙蟹彰显自身的强壮。洞头本土有称它为"天公蟹"的，为何会叫它为"天公蟹"呢，听老一辈的人说，因为沙蟹生性胆小，经常群居在沙洞里，或是躲藏在石头底下，不轻易出洞。但是只要天公一打雷，沙蟹就会从洞里爬出来，如此一来，人们就觉得沙蟹只听天公的召唤，只有天公才能叫得动它，所以就称它为"天公蟹"了。另有一个说法就是，在海岛科技不发达的时期，"天公蟹"作为一种气象预知存在，因海岛多台风，渔民们无法准确预知台风消息，但久而久之，细心的渔民就洞察到"天公蟹"在台风前群体"出洞"的奇特现象，从此以后，渔民就以此为判断，只要"天公蟹"群体出洞，就说明气象有变，台风就要来了。

我想，这或许也是有科学依据的，小动物的预感往往比人类更加敏锐，就像蜻蜓低飞要下雨的现象，小沙蟹能提前预感海里的动静，以寻求安身之地，经验老练的渔民根据天公蟹辨别，因此也能早一步得知海域的气象。而遇天公打雷就集体出洞的现象，或许是因为下雨时，大气压降低，导致水中的氧气不足，小沙蟹如同鱼儿一样在水中呼吸困难，所以只能浮到水面以获得充足的氧气，或者顺势爬向沙滩寻觅食物。

但关于"天公蟹"的由来，我更喜欢臆想传说的色彩。或许，故事可以这样说起："很久以前，小沙蟹仗着自己有一对坚硬的大螯，威风凛凛，便处处欺凌弱小，常常捉弄自己的同类，其他蟹类被欺负得苦不堪言，便向天上的玉帝告状，玉帝得知之后，决定派雷公前去震一震它，灭一灭它的威风。只见雷公来到沙蟹经常出没的东海海岸，拿出他的雷神锤，放出隆隆巨响，壮大声势，配合电光。沙蟹吓得躲进了沙洞里，再也不敢出来，从此以后，沙蟹一听到雷鸣，便会迅速逃回沙洞里躲起来，再也不敢欺同类了。"渔民为了方便命名，就称它为"天公蟹"。

胆小的沙蟹常穴居于海滨沙泥质底，或是躲在石头底下，民间有句歇后语曰："石头缝里逮螃蟹——十拿九稳"，一搬一个准儿。我们经常能在沙滩上看到一片片粗糙的小疙瘩，凑近一看，原来是一粒粒细小的沙球和一些小沙洞。落潮时，小沙蟹会钻出沙洞，东张西望，见周围的环境安全之后，就明目张胆地在沙滩上爬行，开始在沙滩上打洞，以便在受到侵扰时及时躲藏。在觅食时，小沙蟹两只眼睛高高竖起，观察周围动静。一旦发现情况，就迅速撤离。

话说小沙蟹可是沙滩上打洞的行家，它先是把自己的身子埋进沙子里，然后用胸前那对大鳌把身下的沙子团成一个小沙球，动作娴熟且灵巧地推向身外。有时也会用小腿和大鳌直接把沙球从洞里抱上来，推向洞外。再用那两只坚硬的大鳌往嘴里送进被海水浸湿的沙子，然后吐出一个个米粒大小的小沙球。这些小沙球又细又圆，大小相同，小沙蟹们就在它们藏身的沙洞周围大片地"生产"小沙球。所以，要想寻找小沙蟹的踪迹，顺着沙滩上的小沙球就能找到它。

秋日里，正是蟹肥时。不禁唤起了幼时捉沙蟹的回忆，那时，蜇埠厂海岸的小沙蟹特别多，清早吃过早饭，大人们下海作业，或是耕田务农，小孩儿们就凑在一起，去海边钓小沙蟹。没有钓竿就自己动手制作，看到倚在墙角边的小竹竿就顺手抄走，系上玻璃绳，没有鱼钩就用旧的细铁丝凹出形状。鱼饵，是被大人晒在门口竹筛里的臭虾米，从苍蝇的口中夺了下来。怕大人责怪，就一只手捂住鼻子，另一只手用食指和大拇指捻起，放在一个方形的小盒子中揣在怀里，一路小跑，兴致匆匆地到海边的码头上。且不说能不能钓到小螃蟹，单为自己的得意之作就能沾沾自喜，乐上好半天。后来，果真钓到了几只小沙蟹，几个小孩就在沙滩上挖了一个坑，运来一些海水，将小沙蟹放进沙坑里，唯独忘了小沙蟹会打洞的本领，一转眼就让它逃之夭夭了。

真正吃沙蟹是七岁那年，一个秋天的午后，正遇退潮的时辰，邻居玩伴建议去海边捉沙蟹，海边距离家里不远，趿拉着拖鞋提着小桶就直奔海边。一到海滩，赶忙脱掉鞋子，挽起裤腿儿撸起袖子，去到沙滩上捉沙蟹。机灵的小沙蟹似乎预感到危险，四处逃窜钻进了沙洞里，几次捉拿无果，我们便有些气急。别看它小巧玲珑，感觉却异常敏锐，行走倒也疾速，当我缓缓走向它时，小沙蟹便快速地钻进呈螺旋形的沙洞里，不时用眼柄窥探洞外的情况，等你躬下腰寻找它的时候，它早已跑得无影无踪了。

随着捉沙蟹的次数增多，慢慢悟出了经验，常人一看到沙蟹就两眼发亮，莽撞地扑上去，或是蹑手蹑脚地慢慢靠近，然后不知所措犹豫该如何下手，生怕被夹了手。其实，看到沙蟹不能伸手就抓，不仅会吓跑了它，甚至会被它的大螯紧紧夹住不放，别看沙蟹小，被它的大螯夹住可得受皮肉之苦了，所以在抓沙蟹的时候，需要看准它的大脚在哪儿，避开大脚，从背部入手，卡住它的大螯，就不会被夹住。以此手法捉沙蟹，不仅又快又准，而且还屡试不爽。

我们将捉来的小沙蟹用海水淘洗干净，将它串在铁丝上，在海边就地起火准备烤沙蟹，寻来海岸上的干海草，用石头筑起了一个小土灶，将串好的小沙蟹架在石头上，海风呼啸，火势猛烈，转眼间小沙蟹青色的外壳在火焰里逐渐变得通红。这是我生平第一次烤沙蟹，可能火候不对，烤好的蟹肉有些发涩，大人们说是没有将内胆去除，之后，我便再也不吃沙蟹了，原因是沙蟹吃起来太过麻烦，体积小巧也吃不出什么味儿来。

后来，大人们将沙蟹去壳，制作成蟹生，由于沙蟹体积较小，制作蟹生时往往需要用上几十只的小沙蟹，制作手法细致而烦琐。首先要剥去沙蟹壳、精劈分解，用黄酒、糖、醋、酱油、生姜、胡椒粉等浸制入味，或辅以其他秘法原料，制浸时间约半小时至一小时，因此蟹生吃起来就是酸酸甜甜的，有浓浓的酱味儿，也有蟹生的鲜味儿，蘸点芥末吃，就变得鲜猛辛辣。在海岛，除了蟹生的生食之外，还有"鱼生""螺生""藤壶生"等等，当然所有生食中唯这"蟹生"的味道最令人叫绝。虽然离不开调料的佐味，但腌制出来的口感总是比其他生食类要略胜一筹。广西北海一带，将沙蟹制作成奇特鲜美的沙蟹汁与沙蟹酱，成了独具特色的北海特产，深受本地人的喜爱。

　　捉沙蟹，成了童年里一道至深的回忆，这些海岛上的小生物，潮退而出，潮涨而归，以沙洞为房，以石头为顶，在大海里度过短暂的一生。每当看到黄昏的滩涂上，落日余晖里，沙泥上布满的星星点点的沙蟹洞，我仿佛听见远处传来了儿时吟唱的螃蟹歌，由远渐近："螃呀么螃蟹哥，八呀么八只脚，两只哟大夹夹，一个硬壳壳哟，横呀么横上坡，横下呀么横下坡，那天从你门前过，夹住了我的脚哟……"

"饭饭" 之谈

　　我出生在二十世纪九十年代初，一个仍是重男轻女的年代。父亲为我的出生，并未感到一丝的喜悦。正因为母亲生的是个女孩，她在家族中似乎不受待见，被邻里乡亲瞧不起。出院那天，除了母亲娘家的人，来接院的寥寥无几，母亲将我包裹严实，默默地回了乡村。

　　母亲从未对我说过她如何度过被轻蔑的岁月，只忆起刚出生的我特别地难养，身躯弱小，才有五斤之重，个头如一只娇小的猫儿。母亲从未为别人的轻视而将我疏于照顾，反而那时的母亲脑海里只有想着如何将我抚养长大，再也顾不上其他。月子里，母亲的奶水不足，半夜里我常被饿得哇哇大哭。父亲被整日的啼哭弄得心烦意乱，听邻里乡亲的老一辈说，乳狗炖汤可下奶，父亲竟不知从哪里买来了一只小乳狗炖了汤，让母亲喝下，说来也有奇效，母亲的奶水开始多了，而瘦小的我喝足奶水之后再也没有闹过夜，直到母亲出了月子。据说，这乳狗汤的功效可不止于此，全显现在了我的体型之上，吸收了乳汁里的营养，尚在襁褓中的我已如一个圆滚滚的球儿一般，顿时膨胀了起来。

　　刚学会走路那会儿，活脱脱地像一个不倒翁，一刻也不闲着，简直是将家里家外闹得鸡飞狗跳。农村里圈养着鸡鸭，门口常放置着一个生锈的小铁盆，用来盛放剩饭菜喂养鸡鸭。每次看四下里无人，我便步履蹒跚地走到小铁盆前，用手抓上一把剩饭菜往嘴里塞，惹得正在觅食的鸡鸭四处逃窜，母亲见此状，赶忙上前将我抱进里屋，将我浑身上下拾掇干净。从此以后，我再也没在门口看到过那个小铁盆，母亲已将其移到别处隐秘的地方去了。

到了四五岁的年龄，农村里还没有幼儿园供适龄儿童就读，在隔头村委的旁边有一处解放军营房，解放军迁走之后，这处军房就用来置办学堂。那时的幼儿园并不叫作幼儿园，而叫作学前班，大大小小的幼儿混龄在一个班级，老师教授写字、算数等。从家里行到隔头村有二三公里远，年幼时懒于行走，常是母亲背着上下学。中午的午餐就在学校里吃，带上一个保温桶，粥放在下层，配菜放在上层，带到学堂里之后，全都放在一个固定的地方，有时候粗心大意，忘记带保温桶，或是将保温桶遗忘在了来时的路上，就这样在学前班混了一年之后，保温桶丢了两个，回家常被母亲教训。

上小学那会儿，农村里流行带铁饭盒到学校食堂里蒸，每个月需要缴纳一点儿加工费。铁饭盒分为盒身与盖子，长长方方的，为了上学时能吃上热腾腾的蒸饭，母亲也为我准备了一大一小的铁饭盒，分别用毛刷笔沾上油漆写上自己的班级名字，以防错拿。大的铁饭盒用来蒸饭，上学的清早，母亲需要早起为我浸泡好大米，然后装在大的铁饭盒里，小的铁饭盒则放些配菜，通常是些肉松、咸菜、萝卜干、咸鸭蛋之类的干菜。铁饭盒带到学校之后，须交给食堂的工作人员，报上自己的名字及班级，随后，她们会在饭盒里加入适量的清水再放到蒸箱里。到了午饭的时间，食堂的工作人员会挨个儿从蒸箱里拿出铁饭盒，根据班级分开摆在一张大桌上，供学生自行领走。每次领到饭盒之后，就与同村的小伙伴坐在一棵大树底下吃饭，相互交换着配菜，咂吧咂吧地吃得津津有味。

记得有一次，我将铁饭盒忘在了上学途中的城乡巴士上，那时候没有电话，也无法与父母联系。眼见到了中午吃饭的时间，大家陆陆续续去领了饭盒，我不敢对老师坦白，一个人躲到了大树底下，闻着食堂里飘出来的蒸饭的香味，忍不住咽了下口水。本想等着大家都吃完饭再出来，大哥见我呆若木鸡蹲在树下，就猜测到了事情原委，拿出了他的饭盒，在白米饭上划出了一条分界线，将一半的白米饭拨到了盖子上，在剩余的饭里倒入一些油炒花生。大哥是大伯的孩子，从小到大我一直备受他的保护，这不，他一眼就能看穿我发生了什么事。他将唯一的调羹给了我，自己折下了两根树枝扒了两口饭，那时，饥肠辘辘的我好像饿了三天三夜似的，狼吞虎咽地将饭吃得一粒不剩，那顿饭，是我记忆里最为深刻，也最好吃的饭。如今想来，铁饭盒蒸出来的饭与现在确有些不同，有股特别浓郁的米香，再拌上浓油赤酱的腌萝卜干、酥香脆皮的油炒花生，自是无法抵挡住的人间美味。

铁饭盒虽称"铁"，实是铝制的，材质没有铁刚硬，每隔一段时间，便软凹了进去，再者就是被摔得凹凸不平，盖子就无法盖紧，蒸饭的时候饭盒里的水常往外溢出，使得饭盒里的米蒸得半生不熟，米粒时常夹生。母亲为了解决铁饭盒被摔坏的问题，便用尼龙绳织了一个网兜，兜住了铁饭盒，但也止不住其变形。

大约吃了三年多的蒸盒饭，四年级下时，母亲为了我能受到更好的教育，四处托人将我的学籍转到了城镇上的小学。为了上学方便，我借住在大舅家里，那时候，大舅买了人人羡慕的小区套房，那时候是套房式的房子刚刚建成的时候，精致装修的套房，是多少人梦寐以求的佳居呀。吃住在大舅家里，上学的地方也不远，一小段的路程，徒步来回。中午放学之后就回来大舅家吃午餐。舅舅是个非常节省的人，节省到什么程度，以我当时的想法就是有点抠门儿。与舅舅一同吃早餐，当时一个面包是三毛钱，舅舅一分为二那也就罢了，一瓶纯牛奶对半倒入碗中，再在碗里注满开水，加入一小勺白砂糖搅拌一下。我眼巴巴地看着被稀释的牛奶变得寡淡无味，常常都是食不果腹，没到中午，肚子已经饿得咕咕叫了。但我从来不敢对舅舅提议，虽然年龄尚小，但我也知道寄人篱下的不易。记得一个周末回去山村老家，向母亲随口抱怨了此事，母亲却也不愠不怒莞尔一笑，记得母亲当时说："大舅刚买了新房，节省一点是应当。如果不会节省，怎么能买得如此好的房子。"我对母亲的话语一知半解，但再也没有提及过这件事。

后来，上了初中，学校的食堂便有热腾腾的饭菜，荤的两块至三块不等，素的一块至两块，米饭五毛，不限量。一顿午饭约为八至十块，后来还有炒面、汤面之类的，饮食越发丰富。

工作之后，与朋友相约吃饭、家庭聚会，菜品开始五花八门，琳琅满目，咸淡各有，但也不知其味了，每当看到一桌子的百般油腻的菜肴，总会想起那一盒蒸饭与炒萝卜干，回味无穷。如今照法烹制，却也吃不出当年的那个味道了。

尝尽食材百味，却始终绕不开人生五味，酸甜苦辣咸各在其中。

海蜇之汛

　　海蜇，又称水母，水生无脊椎动物，洞头人称其为"虬"。

　　在洞头民间传唱着一首有趣的民谣："什么出世滑溜溜？什么出世两条须？什么出世没盔甲？什么出世没眼睛？

　　"鳗鱼出世滑溜溜，红虾出世两条须，虾蛄出世没盔甲，海蜇出世没眼睛。"

　　或许你会有所疑惑，为什么海蜇出世会没有眼睛呢？据说，在很久以前，海蜇并非只有光溜溜的身体，它有一个好看的外壳，紧紧包着它雪白的身体，只露出褐红色的海蜇头，它的这个外壳像一只小船，在海面上漂荡。有一天黄昏，海蜇想去对岸听锣鼓声，猴子也想去看大戏，请求海蜇渡它一程，猴子就把海蜇当作了小船。岸边只有几块礁石，很难靠拢上岸。海蜇还没靠岸，猴子迫不及待地纵身一跳，没想到力气过大，把海蜇的壳撞出了几尺远，海蜇请求猴子用竹竿将他的壳扒到岸边，不料，由于天色太暗了，猴子的竹竿打在了海蜇的壳沿边，使得壳掉了，随着水流漂走了。壳一脱落，海蜇的头变重了，身体变轻了，雪白的身体倒浮在水面上，褐红色的头沉在水底，这下东南西北分不清了。海蜇头沉在水底，什么也看不见，小鱼和虾米觉得海蜇很可怜，他们一起商量，说："海蜇哥，别难过，我们就住一起过日子吧，从此海蜇和鱼虾一起过日子，而虾米也成了海蜇的眼睛。这就是讨海人常讲的"海蜇靠鱼虾当眼睛"的由来。

在温州地区，海蜇被称为"藏鱼"，又写作"鲊鱼"；闽南方言称"虫宅""海虫宅"。二十世纪五十年代的洞头海洋，海蜇不计其数，待到海蜇汛，海蜇便在渔场、近海、港湾到处浮游，捕捉非常容易。俗语有"三北水汪汪，海蜇如砻糠"之说。海蜇旺汛，约在夏末秋初，大致在每年的八九月间，海蜇常成群浮游于海面，有时被冲击而搁浅在海滩，渔民们常用渔网捕获。清代诗人王步霄专为洞头写过一首《海蜇诗》："美利东南甲玉川，贩夫坐贾各争先。南商云集帆樯满，泊遍秋江海蜇船。"正是表达了当时夏秋时节洞头海蜇汛时期，帆樯云集，坐贾争先的盛大场面。

说起来海蜇竟与我有着几分不解之缘。我的老家蜇埠厂村位于洞头本岛西南部，三面环海，是隔头自然村最偏远的小山村。既然叫作"蜇埠厂"，想来与海蜇有着密切的关系，在五十年代里，"蜇埠厂"原本叫作"蜇埠场"，"蜇"便是海蜇，"埠"为码头，"场"即是海蜇晾晒场，故得此名。听老一辈说，那个年代的蜇埠厂海域非常富足，每每遇上海蜇旺发季，涨破大捕船渔网那是常事。渔民们讨海归来时，海蜇与鱼虾蟹都是载满船舱，装在大大小小的鱼篓子里，全村男女老少，齐力晒海蜇。在石厝对面的海畔，有一处宽敞的天然石头晒场，石质平坦。按照闽南语的音译翻译，此地一贯被村民称作"场头尾"。这处"场头尾"就是原生村民进行海蜇加工或晾晒海蜇的地方。等到海蜇大丰收，渔民就在这里处理海蜇，先用竹刀把海蜇头和皮分开，取下脖子，然后，将海蜇头放在那里晾晒，让它的浮毛腐烂掉，再将海蜇头放在筐里清洗，洗后，装在网袋里，挂在艚船边，让自然的浪冲击海蜇头，使之变硬，然后用盐矾进行初矾。

据记载，洞头海蜇加工技艺已有200至300年历史，在各个渔村都有广泛的传承，尤其是洞头三盘的"三矾蜇"，名扬国内外。如今海鲜市场售卖的海蜇多半是经明矾腌制过的，因为新鲜的海蜇皮体厚水分多且含有毒素，不宜直接食用，只有经过食用盐加明矾盐渍三次，使鲜海蜇脱水三次，才能让毒素随水排尽。通常买来的盒装海蜇头可以直接食用，但因为经明矾腌制过，味道显得有些涩，海岛人常见的食用方法为凉拌，加上辅佐调料，更显得肉质香脆。

海蜇一般分为"海蜇头"和"海蜇皮"。海蜇头是指水母的触须部位，肉质较厚，营养丰富，它是海蜇中的精品，口感及营养价值更上一层。它富含蛋白质、脂肪、核黄素、硫胺素，以及碘、钙、铁、磷等多种人体所需的营养成分，是一种重要的营养食品。适当食用海蜇，还能软坚散结、行淤化积、清热化痰，对气管炎、哮喘、胃溃疡、风湿性关节炎等疾病有益，并有防治肿瘤的作用。在更早的时期，海蜇，本是海岛贫苦渔民餐桌上的一道家常菜，无意间却也成为渔民们强身健体的一味良药了。

随着当年海蜇大丰收，海岛人出于对海蜇的喜爱，二十世纪四十年代，洞头民间艺人创编的海蜇舞曾风靡一时。曾与著名的贝壳舞一起赴杭演出，并夺回一枚锦旗，随后在洞头各个岛屿之间巡回演出。灵动的舞姿，惟妙惟肖表现出了海蜇的神韵及动态，渔夫的角色更加深动演绎了海岛渔民的生活情景，曾一度深受渔民们的喜爱。

洞头的海蜇虽盛产一时，但在七十年代后，洞头海域的海蜇便逐渐减少，在我出生的九十年代里，洞头洋已几乎捕捞不到活体海蜇了。海蜇舞也慢慢淡化在人们的视野之外了，多年之后的今天，海蜇舞作为洞头"非遗"，又开始搬上了舞台，重现海岛的"非遗"色彩。

　　虽然本土的海蜇产量所剩无几，但洞头岛民却也保持了吃海蜇的习惯，逢年过节家里摆酒席，凉拌海蜇是必备的冷盘，海蜇蘸醋，味道鲜美有嚼劲，保留了海蜇原有的自然味道。后来，人们逐渐喜欢用金针菇拌海蜇，也不失为独特创新的菜品，也深受海岛人的喜爱。

　　虽然生活在海岛多年，却不曾在洞头海域见过活体的海蜇。唯一能弥补遗憾的是在海洋馆里，曾看过供观赏用的水母，它们被圈养在透明的玻璃柱里，柱子的顶端不时投来闪烁的灯光，光束的色泽顿时就浸染了透明的水母，水母就在水里，撑开透明的小伞，飘舞着轻巧的身姿，一张一翕地游动着，非常唯美。听说，水母死后会变成水，不留痕迹就像从没有出现过一样，我心生惋惜。佛家说：万物有始有终，也有各自归宿。

　　它们来自海洋，最终又回归海洋。

鱼生

入春以来，家里耕种的大白萝卜长势大好，浑圆而纤长，色泽光滑洁白，几垄田地里绿叶繁茂，一个个萝卜头破土而出将小半截的身躯裸露在泥土之上。在往年的这个时候，家里总会从泥地里挑选几个上好的白萝卜，做几坛鱼生。

说起鱼生，可是海岛渔农家里的一道不可或缺的家常菜，洞头的闽南方言称"咸鬼"。早年，在休渔时期，渔民们常闲在家中没有收入来源，家里颇为拮据，整日里为生计发愁，直后来到有位颇有经商头脑的渔民在渔汛时，提前腌制好几大坛的鱼生。待到休渔时期，挑着担子沿村叫卖，几日下来，几坛鱼生卖了个精光，而那位渔民也解决了休渔时期在家入不敷出的烦恼。其他几个村的渔民见鱼生竟如此受欢迎，便纷纷效仿，做鱼生使餐桌上最为贫乏的时候，能有一道下饭的菜肴，同时也能挣上几个钱贴补家用。

小时候，记得有一位个子矮小的中年妇女挑着两坛鱼生来我们村里叫卖："卖咸鬼咯，卖咸鬼咯，两块一斤。"其吆喝声铿锵有力，仿佛要使得整个村子的人都听见，小孩子不知道在叫卖什么，觉得好奇，就闻声而去，随后村民们看热闹般地围着中年妇女，攀谈了几句，便向家中取来盛放的器皿，只见中年妇女用大马勺从坛子里舀出了一些鱼生放入每个器皿中，一股浓烈的鱼腥味扑鼻而来，小孩们纷纷逃离了去，唯有大人津津有味地品尝着。

这是我对鱼生的初印象，鲜红的颜色中散发着一股难闻气味，每当家里吃饭时，父亲总会取出一点，放入小碟中，作为下饭菜，而我总会离得远远的。

直到后来，父亲简直爱极了鱼生，到了顿顿不可没有鱼生的地步，不知从哪里学来的"独门秘方"，便开始倒腾自制鱼生。先是唤我去田地里拔上几个新鲜的白萝卜，洗净去皮，用刨丝器擦成细丝。据说做鱼生的萝卜丝要做到粗细均匀，亦大有讲究，与鱼形协调，其形似鱼。而这里要用到的鱼是一种幼小的带鱼，此鱼身细如柳叶，因此，洞头渔民根据它纤细的身形，很形象地把它叫作"带柳"。这种小带鱼可不好捕捞，需待到每年四月上旬、中旬，前后的十来天时间，时间不可有偏差。因为三月里，捕捞上来的小带鱼太小，太嫩，柔若无骨，又细如面线，经不起腌制中的揉搓；五月后的小带鱼，身线已粗如浓眉，鱼骨也硬，腌制后口感不好。四月捕捞上来的小带鱼，条子细而均匀，肉肥而骨软，最适宜腌制鱼生。

选材至关重要，配料也不可马虎。鱼生能否美味可口，关键在于汤汁，汤汁熬煮得好，做出来的鱼生味道自然不会差。糯米粥要恰到好处，太稀薄太浓稠，都影响鱼生的味道。制作过程也很严密，先将"带柳"反复清洗，因为"带柳"身上自带一层白黏膜，揉捏时会滑手，而且不易入味。所以需要洗净白黏膜，将小带鱼沥干，用盐拌匀，放在盆里轻轻揉搓，将鲜鱼的水分一点点带出，再拌进糯米粥、酒糟、红曲、白萝卜丝，搅拌均匀，便可装进陶缸。发酵期间"带柳"会往上浮动，离了卤汁浸泡，容易变质。所以要在缸中加入定量的辅料与汤汁，在小缸中搅拌均匀，静置后封缸贮存，然后用一层透明的塑料布把缸口包紧，再用红泥土封好初制的鱼生，最后在泥土上压制一块砖块。并将缸放置于阴凉的地方，两个月之后，腌制的鱼生也慢慢发酵完成，度过伏天，秋风乍起，方开启食用。

鱼生的原产地在洞头。在过去，鱼生是渔村人家饭桌上长年的必备菜，洞头海岛从清朝开始就有了腌制鱼生的习惯，但是是谁率先发明的便也无从得知了。有一次，我忍着"恶臭"初尝了父亲腌制的鱼生，意外地发现鱼生是闻者臭，吃者香。经过汤汁的调配，小带鱼竟没有昔日的鱼腥味，而白萝卜丝也被汤汁染成了红萝卜丝，夹上一小撮的萝卜丝，清脆可口，鲜甜有嚼劲。刚入舌尖时，一股淡淡的鱼鲜味打开了味蕾，随后是萝卜丝的甜味，在口腔里来回流淌，发出了嘎嘣脆的声音，确是一道开胃下饭的小菜。

鱼生反过来念就是生鱼，生鱼腌制，唤作鱼生，一个十分轻贱的名字。然而鱼生，并非海岛独有，温州方言叫"白大生"。虽是平凡百姓家的一道小菜，却被追溯为一种文化。温州商人遍布全球各地，鱼生却被普遍地视为"乡思"。20世纪80年代，据说南怀瑾先生从温州寄了一小坛鱼生给客居台湾的著名温籍报人马星野先生，马先生睹物思乡，动情地写下了一首鱼生小诗："拜赐莼鲈乡味长，雁山瓯海土生香。眼前点点思亲泪，欲试鱼生未忍尝。"可见，鱼生是在外温州人的"乡思"之物。

"乡思"小菜，尝尽的不仅仅是味美鲜甜，还有数不尽的浓浓的思乡之情。

牡蛎

"家祥他娘，凿牡蛎去吗？"隔三岔五，邻居大妈总会站在我家院子的石头台阶上叫唤。

"去呀，我换身衣服就去，等我一下。"母亲从后门探出头去回应了一声，赶忙解下身上的围裙。

早年，住在农村的时候，妇女们总会三五成群相约去海边凿牡蛎，穿着花布衣裳，袖口用自制的袖套锁紧，一顶大垂帽，一双短筒水鞋，一去就是一下午。

那时候，牡蛎鲜嫩肥美，遍布在海边的岩石上。男人们讨海捕鱼去了，女人们忙完了田里的农活，便相约去凿点牡蛎添点菜。需用尖锐的工具，才能毫不费劲地撬开牡蛎的硬壳壳，村子里没有打铁匠，所以没有特质的凿牡蛎的工具，有的是自个儿改造的代用工具。曾经，为了能随母亲一同去凿牡蛎，我尝试自制凿牡蛎的工具，在父亲的指导下，我取来一把废旧的"一字"螺丝刀，用铁锤将"一字"口敲得更为薄些，钢铁所制并非那么好敲，父亲拿来一根红蜡烛并点燃，让我将螺丝刀的铁头放在火焰上烤制片刻，果真，被火烤制后的铁头非常好敲击，一会儿工夫，"一字"铁头就形成了一把小铲子，但是还不够锋利，须在磨刀石上再磨上片刻，这个步骤至关重要，要将小铁头打磨得如纸一般轻薄，可要费上一番功夫。造出理想的工具时，双手已经是磨出了几个大水泡。

牡蛎往往栖息在浅滩的石头上，吸附在光滑潮湿的石壁上，形态各异，有圆形、卵圆形或三角形，密密麻麻地布集着。村里的人去凿牡蛎，通常选中牡蛎上面的硬壳儿，用工具沿着硬壳的边缘凿开，凿开之后，就可以将鲜嫩的牡蛎取下放到容器里了，刚挖的牡蛎非常鲜嫩，而且多汁。无论是熬粥、下面，还是煎鸡蛋，都是非常好的食材。

记得有一年去厦门旅行，海鲜一条街上陈列着琳琅满目、独具风味的海鲜品，来来回回走了几遍，最后在牡蛎煎蛋的摊前驻足。牡蛎是沿海地区共有的海产品，与鸡蛋一起烹饪，鸡蛋煎熟后呈暖色，在他乡，总有那么一瞬间，是为承载着家乡的记忆而来。在厦门吃过一次牡蛎煎蛋之后，回来家乡的海岛，也吃了多次，总感觉有所不同，除去食材的新鲜度"肉眼可见"地不同，"家乡"一词的魔力，足以安定人心。

据说，牡蛎还是抗逆性最强的水生动物之一，两亿年来潮间带多变的环境练就了牡蛎对温度、盐度、露空和海区常见病原极强的抵抗能力，在落潮露出水面时，能够耐受夏天酷热干燥的天气，同时也能够成功适应冬天冰冻天气，在离水露空条件下可存活一至两周，甚至一个月的时间。在自然群体中，大多数牡蛎个体属于雌雄异体，小部分为雌雄同体，牡蛎还可以自发"变性"，同一个个体在不同年份或不同的环境条件下，表现出不同的性别。牡蛎作为一种优质的海产养殖贝类，不仅具有食用价值，而且其肉与壳均可入药，具有较高的药用价值。牡蛎肉中含有多种氨基酸、糖原、大量的活性微量元素，及小分子化合物，其壳中含有大量碳酸钙。《本草纲目》中记载了牡蛎治虚弱、解丹毒、止渴等药用价值。

父亲小时候，家里穷得揭不开锅，一旦伤风感冒，更是没钱看病。一到换季，父亲便会声嘶力竭地一夜一夜咳嗽，奶奶看到父亲咳得厉害，向村里的老人打听偏方，一大早便差大伯背着父亲到海边。父亲坐在礁石上，大伯挖了牡蛎后，直接送到父亲的嘴边，让父亲用力吮吸。生吃牡蛎治顽固性咳嗽，是海岛人的秘方。甭管有无科学依据，那时村里人只要一遇到咳嗽，没钱寻医问药，牡蛎就是救命的稻草。那略带了点腥味的牡蛎汁，穿过干咳得发热发痛的咽喉，就像一股清泉流经干裂的土地。牡蛎汁就以最单纯自然的方式，一种原始朴素的手法，对抗那缺医少药的岁月，滋养单薄病弱的身体。它是未经修饰的，天然而本真的大地的赐予。

牡蛎，是海岛的美食，亦是一味良药。每当看到沿街叫卖的妇女，我总会买上一点牡蛎，熬上点小粥。回想起儿时凿牡蛎时的情景，怀念与思忆涌上心头。

土灶咸饭

　　乡村里的人吃饭，有个特别有趣的现象，就是喜欢端着自己的碗边走边吃，走到东家聊聊家常，走到西家扯扯闲话。碗里没有饭了，遇见谁家煮了咸饭，主人家就客气地招呼着，添上一碗，等到话说完了，碗里的饭也吃完了，就各回到自家的灶台刷锅洗碗。

　　小时候，总觉得别人家的咸饭特别好吃，米粒饱满，餐料十足。每当放学归来，就看见邻居表姑家的屋顶炊烟袅袅，一阵米香味从灶台的窗户间飘出，有咸有甜，味道浓郁，准是咸饭没错了。在村里，表姑烧得一手的好菜，是人所共知的。表姑的女儿大我一岁，也算是从小玩到大的发小了。为了能去表姑家吃上咸饭，快到饭点的时间，我端着碗撒腿就跑到了表姑家门口，碗里有半碗粉干，我看到表姐正在写作业，就一边看着一边吸着粉干，粉干吃完之后就将碗放置一旁的石凳上，站在表姐的身边目不转睛地看她写作业。待到表姑站在门口探出头来，她唤表姐吃饭时，也不忘挥手示意我一起进去，为我盛上满满一碗咸饭，这碗咸饭多得就像座小山似的，尖尖地凸了出来。村里人都知道表姑煮的咸饭好吃，而表姑也是个热情豪爽的人，咸饭出锅时，总会招呼邻里过来吃咸饭。精瘦肉、小豌豆、鳗鱼干，这碗咸饭吃得真带劲儿，嘴巴贴近碗边，囫囵扒上几口，吃得大汗淋漓，表姑看见了，总会笑着提醒："慢慢吃，不着急，吃完了锅里还有，我给你盛去。"一碗咸饭入肚中，意犹未尽，虽然还想着锅里的，却也不好意思再添一碗了。

吃完了表姑家的咸饭，跟跄地跑回了家将碗往灶台上一搁，母亲听到落碗的声音，知是我回来了，总会小声地与父亲嘀咕着："这孩子，总觉得别人家的饭好吃，这一锅的粉干，白糟蹋了。"

母亲也是偶有煮咸饭的，但不是太淡就是太咸，总感觉少了点什么。好在只要表姑家里有煮咸饭，她都不忘为我盛上一碗送来，她知道我爱吃。

在洞头，咸饭不过是日常的主食，与白粥一样，没有什么特别的。每户人家都会煮咸饭，但是煮出来的味道却大相径庭。好吃的咸饭可以让人回味无穷，遇到不好吃的咸饭，一碗已是极限了。其实，煮咸饭也是非常有讲究的，不像是往锅里随随便便丢个鸡蛋，将鸡蛋煮熟就可以了的。咸饭仍需大锅煮，才称得上是绝配。在洞头的各个乡村里，如今还保留着古老的土灶，地道的洞头咸饭，就是用土灶里的柴火烹煮出来的。换上其他的燃气小锅灶，就没有了那个味道，缺失了一点柴火气，这不是我吃出来的结论，而是世代的洞头人总结出来的。

土灶上的那口大锅，通常都是用生铁铸成的，口径足有十五寸之大。以往在农村，兄弟姐妹多，吃饭须得用上大锅，才够量。待到将柴火往灶下一添，锅沿的热气就往上直冒，锅里发出咕咚咕咚的声响，一阵阵的白烟在灶台上萦绕，继而从灶边的窗户缝里溜了出去。小时候，烧火添柴的活儿通常都是我干的，常常弄得是灰头土脸的，头发上尽是一些细碎的草屑。母亲极少让弟弟干活儿。一来是弟弟的年龄尚小，无法交由他去完成，母亲也舍不得让弟弟干这粗活儿。二来也是我觉得好玩儿，看着一把柴火放入灶口的时候，瞬间就被点燃了，发出了细碎的噼里啪啦声，就感觉很好奇，等不及柴火燃烧殆尽，又往灶口添上一把柴，恨不得将背后柴堆里的木柴全都放进灶口里。有时候，柴多了，灶口里的火焰反而小了，直至熄灭。眼见着锅里的水快烧开了，突然间又静止不动了。这时候母亲就会过来，将头微微地往灶口一探究竟，用火钳夹出一些被烧得黑不隆咚的柴火，放到灶口下的小水泥臼里，然后重新点上火，灶口的火焰顿时又跳跃了起来。原来，并不是柴火放得越多，火焰就越旺，反而是适得其反，密不透风的木柴只会让火焰缺少空气流动，到最后"窒息"而灭。

母亲煮咸饭的时候我是见过的，等到灶口的柴火烧得旺盛的时候，不必再添柴，我可以站起来在灶台边走动走动，顺便看看母亲是怎么做咸饭的。洞头的咸饭烹煮，材料无非是三种：蔬菜、肉类、海鲜。蔬菜占的比例最大，有人喜欢放土豆，也有人喜欢放芋头，甚至放点剥好的豌豆或者蚕豆，再加点胡萝卜之类的。因为蔬菜种类较多，选择的空间也比较大，可以根据自己的喜好而定。肉类通常就是精瘦肉，也有人好油腻，放些三层肉，瘦中有肥，肥中有瘦，嚼在嘴里，颇有些油头。在海岛，咸饭里最是少不了海鲜了，家里自晒的大红虾干最是鲜甜，将鲜活的虾放在锅里煮熟，在阳光下自然晾晒，干了之后剥壳去皮，存储在冰箱里，煮咸饭时抓上一把，既方便又提味儿。虾干是其中的一种，鳗鱼干也是必不可少的，一碗有灵魂的咸饭，通常不能少了鳗鱼干，它可以将鲜味发挥到极致。极少数的人，会放些腌制好的半干的带鱼干，将新鲜的一般大小的带鱼进行腌制，然后放在阳光下晾晒，这时不可晒得太干，鱼肉本身要留点水分，才能肥嫩。带鱼本身是银白色的，通过腌制以及晾晒之后会变成银黄色的，闻起来会有些变质的味道，但其实这时的带鱼干与咸饭一起烹煮，味道是最好不过的了。

烹煮咸饭的时候，大米很关键，长颗粒的大米比较适合。出锅时，米饭才会粒粒饱满，不会糊在一起。在农村，以往大多用的都是老菜油，也就是通常说的菜籽油，洞头人都知道大门的菜籽油非常地有名，俗话说："三月油菜遍地金黄，六月菜油十里飘香。"每年三月，大门的油菜花遍布乡间田野，金灿灿一片。这些原生态的油菜花就是制作菜籽油的上好材料。

在大锅内倒入适量大门的菜籽油，将备好的餐料洗净后，倒入大锅里翻炒，炒到半熟之后，倒入浸泡好的生米，再一起翻炒，等到生米与餐料混合在一起时，均匀地铺平，加入适量的清水。农村里用的大多是井里的泉水，井水的好处是能使米饭更加饱满可口，留有食材的原汁原味。好了之后，盖上锅盖，用柴火烹煮，这时候的柴火不可以太旺，大锅咸饭，讲究的是火候，柴火控制是关键。火候太大，锅底容易焦煳，不仅浪费了一些米饭，而且会使锅底很难清洗。

吃咸饭，吃的不仅仅是咸饭。大锅烧出来的咸饭，吃的就是酥香薄脆的锅巴了。咸饭的锅巴最为好吃，因为餐料的精华沉淀在了锅底，都被吸收在内。等到咸饭盛完了之后，锅巴还牢牢地粘在锅底，这时要用锅铲轻使一点劲儿，上下来回地铲动，用的是手腕和手臂上的力气。小时候很喜欢吃锅巴，铲起的锅巴用锅铲折一折、拍一拍，放到碗里，用手拿着吃，或者蘸点白糖吃。酥脆的锅巴香在口腔里萦绕，可馋倒了一片的农村娃。

　　虽然现在也时有吃咸饭，却是用燃气灶的小锅烹煮，一拧一关，方便了许多。但是少了生火做饭的步骤，少了上山砍柴的不易，一顿咸饭或许吃得太过于容易了。生火、做饭，从来都是人间烟火的感觉。我已经很久没有吃到土灶里烧出来的咸饭了，家里的那座土灶自从我家落居城镇之后，或许早已被蜘蛛网所查封了，不怕被煮坏的大锅，只怕放得太久，都开始锈迹斑斑，被虫蚁所腐坏了。记得以前，每隔一段时间，父亲都会将大锅从灶上取出，反扣在平地上，大锅的外层由于常年被柴火烘烤，积累了一层厚厚的锅灰，父亲用锄头缓缓地刮去那层灰，这时，由于锄头与铁锅来回刮擦，会发出一种嘈杂的声音，我听见了，便掩耳跑走了。当锅灰层层剥落，四散在大锅的周围，有些被风吹散到了角落里，但大部分还余留在地上，正好画成了一个不偏不倚的大圆。

　　听长辈说，刮下来的锅灰不可扫弃，它可是宝贝，具有药用价值。在二十世纪七八十年代里，山村里的路崎岖难行，村里人都不敢生病，即使生病了，不严重就强忍着。因为去趟城里的医院，需要走上很长的时间，一来一回，便耽误了一天的活儿。以前，村里有个婶子，不小心被疯狗咬伤，走不了路，有一位老人就取来锅灰撒在伤口上，连敷几日之后，竟也慢慢痊愈了。原来，锅灰就是一味中药，被称为百草霜，它的药性温和，在止血、清热解毒等方面都有很好的功效。搁在现在，或许没有人敢草草地敷上一些锅灰，或许大家都会忙不迭地跑去医院先打上一针狂犬疫苗。

十几年了，我没有再见过农村里刮锅灰的场景，我甚至迫切地想要听到那嘈杂的声音，但如今的人都不用土灶了，也难再见到了。

顺着院子里的那条杂草丛生的石头小路，门前匍匐的家犬见到有人来立马起身吠了几声，推开一扇腐朽的大门，径直走到老旧的土灶，灶台落满厚厚的一层厚灰，这处灶台，是家里唯一贴有瓷砖的地方，也是母亲忙碌了大半辈子的地方。

土灶咸饭，最是质朴的人间烟火。

米线饭

在我的家乡洞头，有一种美食，味道独特，名字却也独特，它就是"米线饭"。

或许大多数的人都吃过米线，但是这里所指的米线，并非云南的过桥米线，而是市面上售卖的寿面，"米线饭"的叫法，是根据闽南语的发音翻译过来的，在别的地区或许绝无仅有，只有洞头本岛的人才知道。

米线饭为何叫作饭呢，其实大有缘由。米线饭一般在平日里可吃不着，也并非不可吃，用另外一种方式来说，很少有人会去倒腾。只有谁家媳妇生完孩子之后，主人家才会大费周章地去煮米线饭客情亲朋好友、邻里街坊。所以，一听到吃米线饭了，就知道谁家添丁了，有喜事了。

由于洞头属于沿海地区，岛上的空气比较潮湿，体内容易产生湿气，所以从古至今就非常重视祛湿以及女子的月子调养。为此主人家会托人请一位资深、有经验的月嫂入住家中，照顾产妇与孩子。加上洞头素来有"送庚"的习俗，在产妇生产完出院之后，亲戚朋友会前去家中探望，主人家则要张罗着煮米线饭，给前来"送庚"的客人吃。所以根据洞头的习俗，月嫂除了要照顾产妇与孩子之外，还要必备煮米线饭与姜茶的技能。

米线饭的食材主要为寿面，寿面的面丝细如丝线，极其容易断裂，所以在被晾晒完成之后，会一摞一摞地绕在一起，再用红纸条封住，以免散乱。成摞的寿面堆放在竹簸箕里，乍一看如一座皎洁的雪山，形色与白米饭有些相似。再者，大多数人会在生辰的时候吃上一碗长寿面，米线饭又区别于平常的长寿面，因为长寿面带汤，而米线饭则没有汤，一滴也没有，像白米饭一般干而密。所以，米线饭里既有米线，又似白米饭，故而称作"米线饭"。

最早的时候，米线饭是作为月子里产妇的餐食。为了祛除寒湿，除了米线饭的加餐外，产妇更多的要吃上两顿姜茶。所谓姜茶就是老姜、鸡蛋、黑糖、黑芝麻、金橘蜜饯、红枣配上陈年的老酒煎制而成的，有时也加些桂圆干，味道甜而不腻，温补祛湿。为了下奶，产妇吃的米线饭，更趋向于长寿面，会多带些汤水，没有像宴客的那般又干又稠，在餐料上也会更加简单，省去一些食材。"坐月子"被海岛的女子视为是第二次生命，月子前落下的病根，如若好好调养，假以时日，在月子里是可以祛除的。但月子里落下的病根，便很难完全好了，病情会伴随人一辈子。所以每个月子里的产妇都会根据海岛的气候以及风俗，休养生息，调养好身体。

米线饭好吃，但烹煮却十分烦琐，上班一族，很少有人去摆弄，宴请也只能不了了之了。寻常人家里都有较多的亲戚朋友，再加上街坊邻居，所以光米线饭就得送出去好几十碗，甚至要百来碗了。通常在煮米线饭的时候，主人家里场地宽裕的，都会另外搭个简棚，置个高速炉，架口大锅，这样烧米线饭的效率会大大提高。将几摞的寿面投入烧制沸腾的清水锅中，煮沸后用漏勺捞起沥干水分，再分配到各个盛放的容器里，再用化开的猪肉拌上一拌，使寿面更加滑嫩，不易坨成一团，此时煮熟的寿面已然是不带一点儿的汤汁了。这还是米线饭的第一个步骤，它的配料堪称绝味。说起米线饭的配料，真与洞头得天独厚的地理位置有很大的关系，海鲜自然必不可少，再加上地上走的，土里长的，汇聚了洞头岛民的奇思妙想，成了地道的本土特色的美食了。

腌制排骨是个非常重要的技术活儿，因为排骨是米线饭的重头配料，排骨味道调制好了，无疑是锦上添花，更能彰显主人家的厨艺以及米线饭的味道。先要将排骨洗净切成小段，用调味料腌制好后，放入油锅中微微炸成酥皮，再入高压锅中炖上一炖。我是极为喜欢米线饭上的红烧排骨的，肉质柔软，味道浓郁，仿佛入口即化，完全不用担心塞牙的烦恼。排骨炖好之后，接着就是海里的各种海鲜登场了，鱿鱼切成鱿鱼花，非常有嚼劲，墨鱼饼、剑虾、蛏子、鳗鱼干在沸水里煮熟捞出沥干水分，再将这些"婀娜多姿"的配料摆在寿面上。摆盘也是有所讲究的，并非随意投入，而是颇有层次性。味道好与不好，没有品尝就不知道，形色好不好，一眼就能看得出来。这时的米线饭已经是非常"壮观"了，最后加上几段青芹点缀提色，让整个摆盘看起来更加活色生香。

除了以上琳琅满目的餐料，其实米线饭还有一个最佳搭档，起到了最后画龙点睛之妙用，那就是"菜油姜"，海岛人善用生姜，所以在食物烹饪这一块，往往是少不了生姜的。没有了菜油姜，米线饭顿然失去了灵魂。菜油姜可以称作是一种佐料，但又区别于其他酱料，菜油姜中有生姜的味道，却是辛而不辣，生姜切碎之后入到油锅里翻炒，顿时香气扑鼻，出锅之后色泽金黄，粒粒酥脆，再中和白砂糖的甜味，含在口中，味道十分巧妙，令人胃口大开。

当女子即将临盆，主人家就会开始准备菜油姜。做菜油姜，本土的老姜最为合适，但是由于数量多，也掺入了一些新出土的生姜。菜油姜的发明，集结了海岛渔民的智慧，将渔乡生活变得更加有滋有味。做菜油姜的时候，三两亲朋邻里都会来帮忙，将生姜洗净去皮，再剁成细末。剁碎的功夫也是不可小瞧的，需要拼上刀工与手劲儿，而且碎末大小要均衡，要不会影响口味与口感。剁碎的姜末还需压榨去汁，滤去生姜的辛辣之味。在早些年，只能包在白纱布里，用手劲挤压出来，到最后手臂胳膊都是酸麻不堪，手部有伤口的，姜汁渗入其中，更会刺痛难忍。紧接着便是热油锅炸生姜末，当姜末入到滚烫的油锅中，顷刻间便发出"刺刺"的声响，犹如乱石穿空。不到半晌，锅中泛动着金黄，如海岛的日落，倾洒在碧波荡漾的海面上。用漏勺从油锅里捞出被炸好的姜末沥干油分，与白砂糖、白芝麻一起搅拌，充分搅拌均匀之后，菜油姜算是做好了。

吃米线饭时的心情，仿佛是在等待一场满汉全席一般，一大碗兼具海岛"色香味，精气神"的米线饭，使得人垂涎三尺，回味无穷。夹一筷拌有猪油的寿面入得碗内，将菜油姜洒在其上，用筷子上下抖动，让菜油姜的细末融入寿面里，几缕白烟腾腾，随着筷子的抖动四处逃窜，此时吃米线饭确是最佳的时机了，嫩滑的寿面滑入口中，伴着菜油姜的酥香在口腔里翻滚，可谓是人间极品。

米线饭作为洞头的一种美食，更是一种文化，它的诞生是历代渔民留下的智慧，这种难能可贵的智慧，是在乘风破浪之后所沉淀下来的对生命的敬畏与豁达。

藤壶古巷

　　藤壶，是沿海地区较为常见的一种附着于海边岩石上的有着石灰质外壳的节肢动物，常年生长在沿海潮间带礁岩缝隙里，形成密集的群落。温州称其为"曲"，闽南话称"雀"。敲藤壶叫作"打曲"。也有的人将它写作"触嘴"，如《玉环坎门镇志》中就记载："或有余暇，到海滩岩凹钓取海螺，敲取藤壶，聊充菜肴。"由于洞头海岸丰盈、岛礁层叠林立，潮汐涌动落差大，非常适合藤壶生长。藤壶外壳由石灰质组成，上端开口，有四个活动壳盖。在潮水涨末水流经过时，顶部壳盖张开，里面伸出羽状蔓足，捕捉浮游生物，退潮后壳盖会紧紧闭起，防御侵扰。

　　藤壶分不同品级。肉体如大拇指般大小，属上品，俗称"虎喊"，意即藤壶王；其次是层层叠叠长在一起的藤壶丛，类似于灌木丛一般，密密麻麻相簇在一起，煮熟后挖出来的叫"喊哺"，属中品；直接附在礁石上的，属下品。按照形状来分，又分为鹅颈藤壶、雀嘴藤壶。鹅颈藤壶顾名思义就像是天鹅长长的脖颈，雀嘴藤壶的外壳类似于喜鹊的尖喙，微微张开着，仿佛在觅食。所以，藤壶也被称为"来自地狱的美食"。

在过去，藤壶巷的村民都以采藤壶为生，每年农历三月和六月、七月是采挖的最佳时期，夫妻两人一同前往，或是邻里街坊三两人相约同行，切不可单独出行，这是行业规定的铁纪，因为藤壶通常生在岛礁里海流交换频繁的礁石缝隙里，是凶险之地，藤壶赶海人须"全副武装"，做好充分的采、铲准备，以及安全措施。铲来的藤壶，入汤烫过，或放置大锅内蒸煮，煮熟之后敲去外壳，挖出其肉，再加香料蒸熟，可作为佐餐。藤壶作为渔乡的家常菜，常被端上餐桌。在洞头，藤壶可做清汤，可凉拌，亦有人将其做成"藤壶生"，如鱼生一般腌制起来，将生藤壶去壳取生肉洗净，用木槌将生肉敲碎，拌以调料腌制入味，即可食之，佐餐时，取一点放置餐碟中，肉质鲜美，甘甜有余味。

数月前，洞头的藤壶文化中心落在了东岙村，这里曾一度被称为"海里淘金村"，藤壶古巷便在此生根了。为了亲近藤壶文化，我决定去此巷猎景。东岙底的小巷阡陌交错，多而窄小，每去一次，就像无头苍蝇一般要在巷子里绕上几圈才得以"脱身"。辗转数条巷子，终于找到了藤壶古巷的入口处，一条夹在民居与民居之间的石头阶梯，正是通往藤壶古巷的起点，没有华丽耀眼的缀饰，给人一种"行到水穷处，忽遇藤壶巷"的惊喜感。

沿着石阶拾级而上，两旁的民居皆蜕变为了民宿，虽为民宿，但依旧保留了渔村"虎皮石房"的特色。连带着墙面上，一系列海岛风情的彩绘，席卷而来的浪涌，让整个景致都灵动起来。春风徐来，墙角边一簇奇美的旱金莲悄然盛开，花冠犹如从地面涌出的一朵金色莲花，灿烂而静逸。向上走去，石阶的左边呈现一面裸粉色与灰黑色相叠而成的石头墙，色泽淳朴自然。墙面上悬挂着一些老物件，有民国时期的录音机及磁带，还有一张早年间的四脚柜。柜子上放置着一台黑白电视机，旧皮箱、热水瓶、自行车、电话机、电风扇、照相机，以及一盏煤油灯、一副蓑衣斗笠。伴随新时代的发展，这些古老的物件越来越稀少，甚至有了纪念价值。

藤壶古巷必有藤壶之影，藤壶当然是不能缺少的主角。墙绘只当是应情应景，一篇《藤壶赋》更是大气，"藤壶者，其形似壶，其势若藤，故有此名。斯藤壶，貌虽不扬，性且坚韧……"我与此赋的作者是熟识的文友，她写诗词，我写散文，文风各有不同。站在石阶上一口气通读了这篇赋，感觉身心畅然，实在是佩服。说起藤壶的其貌不扬，记得以前听过一个关于它的传说。

据说，在海岛，凡有礁岩处便会有藤壶，海底岩石任生长，阳光海水任享用，比起别的水族，它们惬意许多。龙王公主想上岸观赏人间美景，龙王担心岸边礁岩太滑溜，会跌坏心肝女儿，便下令在水族中招"门坎石"，铺在礁岩上为龙王公主垫脚。谁愿承担这一重任，海里礁上任凭来去，不必再受管束。水族们平日老埋怨水底的日子太沉闷，有这么个好机会，都争着报名，竞争激烈。龙头鱼凭自己沾了个"龙"字，第一个应试。它们一条挨着条横卧在礁岩上，让龙王公主踩着走。可龙头鱼们平日娇生惯养，身子虚弱，龙王公主踩上去才走了两步，它们便吃不消了，一条条东倒西歪的，让龙王公主摔倒了。龙王大怒，把龙头鱼们狠狠打了一顿，打得它们鳞也脱了，骨头也酥了。水族们吓坏了，不敢再试，只有藤壶挺身而出。这藤壶原在龙宫御膳房打杂，平日用坏的酒盅碗盏，都一一保存着，这一回派上用场了。

它们把破酒盅残碗盏往身上一罩，一层层附在岩礁上，龙王公主踩上去稳稳当当的，一走走到了岩顶。从此，藤壶们便既能在水底又能在礁岩上生活了，时间一长，那些酒盅碗盏就成了保护身子的硬壳了。神话故事虽然颇有趣味，但毕竟也只是传说，听听罢了。

很多看过藤壶的人或许会认为，藤壶牢牢吸附在石壁上，是固定在一个地方不动的，包括我自己在内也信以为真。我作为土生土长的海岛人，曾在礁石缝里看到过藤壶，也亲手铲过藤壶，吃过的藤壶壳儿或许可以堆成一座小山了。后来方知，藤壶在刚出生的时候是会四处游动的。在此时的状态下，它们就如同是海里的小虾小蟹一般，在海洋中随浪漂流。当然，这并不是漫无目的的漂流，而是在寻觅适合繁殖的寄生地。别看藤壶相貌不怎么样，对环境的要求可是特别高，它们更倾向于选择粗糙的底质。小触角会帮助它们分辨地形情况，不规则底质引起的神经冲动会诱发它们附着及变态。如果附着底质的光照偏暗，藤壶会更喜欢。光线颜色合适也能诱使它们附着，橘色和绿色会更吸引它们，而黄色基本是不会考虑的。它们大都会选择在水流不快，且食物够多的地方生存，而礁石、船底、游速慢的动物体表就成为了其最理想的栖息地。

那么，藤壶是如何寄生在物体表面的呢？为何如此选择，其实，藤壶也是经过一番深思熟虑的，就像人们选地段买房子一样，无论是底质的类型、颜色，还是光照、温度、盐度、湿度都会对其选择产生影响，可以说是非常挑剔了。当藤壶发现了一个合适生存的地方后，它们便会向外分泌一些黏液，初次分泌的黏液黏性并不强，这也是藤壶在给自己留后路，若发现此地不适合长久生存，便会离开，重新寻找寄生目标。生存了一段时间后，藤壶若觉得这个地方可以长期生存，那么它会分泌出更多更黏的黏液，将自己完全固定在此，慢慢发育，最终形成石灰质的外壳。这一次便是藤壶最后的抉择，一旦形成坚硬的外壳，再也无法离开此处，与寄生体共存亡。

虽然说藤壶看起来也没那么可怕，但是对于海洋动物来说它却能造成致命的伤害。藤壶并不是如胶水那样粘在动物表面的，它是从一开始的粘连，再到完全镶嵌，其表面又是坚硬的石灰壳，随着镶嵌的深入，动物会感受到强烈的不适。就拿鲸鱼来说，藤壶堪称是鲸鱼身上的"牛皮癣"，甩都甩不掉，它们会分泌出一种比"502胶水"还强千倍的藤壶初生胶，之后还把石灰质的外壁嵌入到鲸鱼的皮肤中。鲸鱼之所以有时会不断翻身击打海面，就是为了攻击藤壶。事实上，许多鲸鱼都长期遭受着藤壶的折磨，甚至有些鲸鱼还会因为疼痛难耐去攻击船只，想寻求人类的帮助。

除此之外，藤壶还会附着在沿岸码头、船底、海底电缆等处，往往造成很大的危害，例如固着在船体的藤壶会使航行速度大大降低。记得父亲讨海的那些年，木质渔船常年在海中行驶，船底常有藤壶吸附，歇渔时期，就要将渔船搁在海滩上，把船身倾斜，先用扫帚把船底打扫一番，去除藤壶及杂质，用柴草火烤，把船蛀虫杀死，再刷上油漆，这一过程，用闽南话叫"燂船"。

不知不觉，行到一户农家后院，院子里飘浮着一缕缕炊烟，走近一看，一个圆形的晒帘上堆满了刚煮熟的雀嘴藤壶，还在冒着热腾腾的烟气。旁边有一座青砖砌成的土灶，土灶上架着一口大锅，不停地冒着白烟，旁边的架子上堆满了木柴。闻着气味，锅里准是藤壶没错了，因为这些海产品总带有浓浓的海水的咸味儿，再加上在海岛上生活久了，我们对于这些气味就相当熟识。土灶边一位老大爷坐在一把小巧的工字凳上，拿着铁锤敲击着藤壶铲，不时地往灶口添上一把柴火，这位老伯或许是经常赶海去铲藤壶，趁着烧火的空闲将有些钝了的藤壶铲磨得锋利些，俗话说："工欲善其事，必先利其器。"藤壶外壳坚硬尖锐，紧紧依附在岩石上，采收它是个相当费力的活儿，所以藤壶铲的锋利与否，与藤壶的采集产量还是有直接关联的。

老人继续埋头修缮着他的工具，不时抬头望向过往的路人。一位与老人相识的人从他身边走过，与他说话：

"挖藤壶回来了？"

"是啊，中午回来的。"

"今天挖了多少？"

"没多少，差不多两担，早上海上风浪太大，就早点回来了。"老人应答着，话语间从未停止过手中的活儿。

熟人离去，继而游客零零散散而至，询问藤壶的价格。

"煮熟的四十块钱一斤，带壳的，要自己动手挖肉。"游客拿起藤壶，又放下，扬长而去，兴许是觉得价格卖得贵了，不值这个价钱，便没继续问下去。其实，在洞头，有个心照不宣的约定："买藤壶，不还价。"这是海边人的规矩，任何海鲜都能还价，唯独藤壶不行。这是由藤壶采挖特定的辛苦和危险而来的。为了挖到品级好的藤壶，采挖者大多是妇女，要坐船到偏远的岛屿，身系绳索下到溜滑的峭壁，因而时有坠崖、翻船的不测事故发生。人们感念于此，对藤壶的卖价便不做计较。现在，生产的安全性好了，而这种约定俗成却沿袭了下来。

从小到大生活在海边，偶尔泛舟海上，时常能看到这样的场景：于平静无澜的海面上，缓缓驶来一艘小船，在船尾划着船桨的是一位面色黝黑的老人，似乎在倾尽全力地往岸边靠近。坐在船头的，是他相依为命的爱人，一位带着大檐帽的妇女，粉色的碎花帽耳披在坎肩儿上，口鼻之处裹得严实，只露出了一双深邃的眼眸，正出神地望向波涛涌动的海潮，以及船儿驶过飞溅起的水浪，疲乏的眼皮，被雕刻下岁月的细纹，如同海面上泛动的水纹，细腻而深刻。

这对夫妻正是赶海归来，去偏远的海礁上铲藤壶。甲板里搁着三袋用筛网装着的藤壶，满满当当。身旁平放着两把自制的藤壶铲及藤壶钩，随着船只的晃动，时而发出叮叮当当撞击的声响。老人缄默不语，在炙热的太阳底下，显得有些力不从心，手劲儿渐渐弱了下来，这时盘坐在船头的妇人似乎察觉到了什么，用一只手支撑着船板缓缓起身，船只的晃动，使得她的身体极难保持平衡，她谨慎摸爬着打开身旁的水瓶递给老人。老人昂首朝天，咕咚咕咚一鼓作气，喝了大半瓶的水，瞬时振奋了不少，深深地喘了一口气，更加卖力地摇动着船桨。

船只靠岸时，老人找来了绳索，系在了埠头的铁环上。老人率先下船，妇人将装满藤壶的筛网从船板上拎起，递给船外的丈夫，老人小心翼翼地将三大袋的藤壶放到埠头的水泥地上，转身将手递给了妇人，让她扶着平稳地下了船。老人挑着筛网走在前头，妇人拾起铲藤壶的工具，随其后往家的方向走去。这是海岛常见的一幕，所谓夫唱妇随，大多体现在渔村里的平凡夫妻身上，他们一辈子相依相偎，共担生活的重担。

藤壶，内心柔弱，外表却又如此坚硬，平凡中洞见它不平凡的一面。它既可佐餐，又可入药，味咸，性凉，能制酸止痛，解毒疗疮，使得海岛人又爱又恨。我曾在诗歌《藤壶》中写道：

那一簇
落至于暗礁里的藤壶
在无限的黑夜里
闪烁着灰色的瞳孔
扫视，海底的波澜暗涌

天亮时
它们又变幻着色泽
如同一片
绽放在峭壁上的海之花
纵观海平面上的潮汐起落

其实，它真正的身份
是大海的哨兵
然而，无人知晓
大海赋予它坚不可摧的铠甲
让它恍如黑夜里的群星
在暗夜里开启天眼

它能细观海浪里
鱼儿游弋的姿态
也能看清渔人撒网的身影

但唯独，看不见被隐藏在
盔甲里的内心

它与鱼儿平分海浪
却生生世世不得入海
更无法上岸
仿佛是被下了一道永世的禁足令

辑四

浪淘沙

浴火之船

四岁那年，父亲同叔伯合股买了一艘远洋渔船，船有八成新，据说是从福建人手中"过继"来的。父亲将船开回来的那天，全村老少聚集在海岸上，母亲抱着我一路小跑到岸边去迎接父亲。从福建湄洲岛将船舶行驶到蚶埠厂港口，历经了数日之长。当时，父亲不过而立之年，就已是村里数一数二的掌舵手了。远洋归来时，站在甲板上的父亲更显得神采奕奕，黝黑的肤色在日照下像极经验老到的老船长。

为迎渔船回家乡的喜悦，大伯从麻袋里取出早已准备好的鞭炮，长长的鞭炮滚轮般地从岩石的这头延伸到那头，随即，响彻天际的鞭炮声"劈里啪啦"地在海岸上铺沿开来，大红色的鞭炮花错落有致地开在了岸边的礁石上，村子里如同过年一般热闹。家中的长辈算好时辰，送来了开过光的红布条子，让父亲系在渔船驾驶舱的方向盘上，说是出海时能风调雨顺保平安，求得鱼虾满船舱。在二十世纪九十年代里，对于讨海为生的渔民来说，这质朴的民俗信仰是从祖辈那里传承下来的，代代相衔，经久不忘。

不出船时，渔船就停靠在码头边的避风港里，平日里的避风港总是悄无声息，只有渔船归港的时候，常引来村里的小孩儿在岸上嬉戏观望，细数着渔船上的五星红旗，星星有几颗，海风一吹，旗子一皱，又得重头开始数。码头两边布满了密密麻麻的小牡蛎壳，潮水上涨时，水晶螺常借以潮水之力偷渡到礁石上，小孩子就在码头上捡几颗水晶螺把玩。有时候遇到几艘渔船同时归港，挤在狭小的避风港里时，等到潮水退去，大一点儿的小孩就顺势悄悄地爬上渔船，站在甲板上呐喊，玩起了海盗与渔夫的游戏，乐此不疲，直到被大人喊回家吃饭。

山村的码头往往面积不大，是早年村里年轻力壮的渔民自发修建的，只有一两米宽，一端与岸上礁石衔接，另一端伸入海里，被潮水所覆盖，形成了一条窄小的堤坝，整个码头的容身之地只有一处水泥抹平的小站台。渔船归来时，窄小的码头两边就挤满了人，这时候的人多半为村子里的妇人，头戴大草帽，身穿花布衣，面色欣喜且焦灼地等待下船的鱼虾蟹，还有数日不见的丈夫。

父亲从未带我上过渔船的甲板，直到八岁，远洋数月的父亲突然讨海归来了，他唤来了家中的老小等候在码头，长辈们有的挑着箩筐，有的持着水桶，欢喜地站在码头上等待渐近的渔船。待到渔船缓缓地靠近码头，父亲娴熟地将绳索抛向海岸，大伯急忙将绳索系在码头边上的铁锁里，船只算已归港了。站在码头上的人负责用箩筐装运海货，然后一筐一筐地担回家，再分拣挑到城镇上卖。让我感到惊讶的是，父亲这次回来，竟带我上到了渔船，船只在海上涌动，无法抑制的激动就像这层层叠高的浪花一般向我袭来，站在甲板上，看着船里的海货一筐筐被运走，村里的小孩投来羡慕的眼光，让我久久沉浸在这扬扬自得的喜悦之中。

每到歇渔季节，父亲同叔伯会为渔船进行一次"火浴"，这就是渔民们常说的"哒尊"，"哒"就是闽南语中"点燃、燃烧"的意思，"尊"就是"船"。整个童年生活在小山村，我目睹了无数次"火浴"渔船的过程。禁渔期之后，这些渔船通常要等待"浴火重生"之后方才焕然一新，需要被"火浴"的渔船一般都会搁在沙滩上，方便渔民进行一系列操作。印象里最为深刻的是父亲常会唤我回家取来两把扫帚，然后我就沿着小路一路奔跑回家取来扫帚，或是提前准备好带到海滩上等候渔船放倒。这扫帚要用来做什么呢？原来是准备扫船底用的。扫地多见，扫船底却不常见，我眼见着好玩儿，也学着扫起了船底。船底上长满了绿色的类似于苔藓类的生物，以及牢牢吸附在底板上的藤壶，它们最是顽固的渔船杀手了。

　　"这渔船呀经年累月在海上行驶久了，船底下会附生海藻、藤壶，甚至会滋生船蛀虫嘞。"父亲在船底下卖力扫动着船底边与我说。

　　"是跟牙蛀虫一样的吗？"我感到非常好奇。

　　"是啊，牙蛀虫会腐蚀我们的牙齿，使我们的牙齿变黑，变烂。这渔船长了船蛀虫，会影响航行的速度，而且还会影响船的寿命。"父亲放下扫帚一本正经地说。

　　扫完了船底，父亲抱来了一堆干草铺在船底，我以为父亲要为渔船做草垫子，怎想一把火颠覆了我的想象。船底的干草越烧越旺，凭借着海风的狂妄，火焰四处逃窜，火花落入石缝里顷刻间就熄灭了。我呆坐在石头上，看着火焰不断攒动，时高时低，心里想着这艘渔船恐要遭殃了，会被大火烧成灰烬，惊恐的目光直到伴随着火焰熄灭才平静下来。我走近船底，只见船底被烧得漆黑一片，我不解父亲如此爱这艘渔船，为何要点火烧它。

父亲似乎看出了我的疑惑，忙解释道："小孩子家家就不懂了，船底的木头可结实着呢，一时半会儿的火焰可烧不坏，用火熏烤船底——一来可以烤干船底的木头常年被浸泡吸收的水分，刷上油漆时才能服帖；二来为渔船做'美容保养'，还能除去黏人的杂物、海藻和藤壶呢。"父亲的话语刚落，叔伯提来了油漆桶，准备为船底刷上油漆，蓝红相间的颜色，仿佛是渔船的一道精气神，使得渔船恢复了往日的轻盈。

自海域规划之后，父亲弃渔从商，背井离乡外出寻求出路。我也因为学业的关系，离开了小山村，每每回乡站在昔日的旧码头上，风雨里跟随着父亲出海的老渔船如同幻影般地映现在我的眼眸里，它曾经是这片海的骄傲和征服者，驰骋在大海的最深处，将多少汹涌澎湃的恶浪击碎，又为这座村庄博得了多少的生机。最后，老渔船卸掉了战袍，永远停泊在了岸边的石滩上，落下无形且沉重的叹息。待到潮水涌动之时，老渔船仿佛同一阵又一阵的海浪诉说着当年披荆斩棘的辉煌与功劳。

再次坐在老渔船上时，是台风过去的一个傍晚，夕阳染红了绵长的海岸线，海浪轻抚着细软的沙滩，眼前的老渔船已成为一具船骸，油漆褪去，残露出木船应有的质地。伤痕被掩藏在油漆下，被封印在岁月之中，然而，就连那道凝聚着渔船昔日精气神的油漆也无法阻止船底的崩裂、船身的塌陷，以及船舱的腐烂，四散的船板大多被村民拾去，当了柴火。或是随水流冲进了海里，从此在海面上沉沉浮浮。这次，"浴火"的老渔船再也无法"重生"了，即便是如此，到了最后它的船头却始终指向汪洋大海。

一盏鸭规灯

二十世纪五十年代，洞头刚解放的时候，全岛还没通电，海岛人民的照明全靠鸭规灯，一些偏僻的村子，日子稍微过得紧张一点的，还在点着菜油灯。

鸭规灯实质上就是煤油灯，为什么称它为鸭规灯呢，因其灯罩形似长长的鸭颈。鸭规灯的结构极其简单，底座为铁制的，类似于一个小巧的莲花座，上面覆盖着一个圆形的小铁片，中间穿过由多股细线捻成的油芯，一直拖到盛油的瓶肚子里，瓶肚子的透明液体，就是煤油。铁片上有个玻璃罩，罩着被点燃的灯芯，可以使整个屋子都亮堂起来，还能稳定火焰，使其不会因为风向而四处乱窜。

我出生在九十年代初，当时洞头五岛连桥还尚未通车，海岛百姓去趟市里仍需坐上一天的船。但在当时值得庆幸的是全县已经通电，海岛上无须再靠鸭规灯照明，除了一些偏远的小岛还未能覆盖之外，基本上大大小小的村庄都已经通电。虽然生逢发展的好时代，但也是物资比较匮乏的年代，村子虽然通上了电，但经常线路不稳，时常停电。每当到了风雨交加的夜晚，在几响"噬噬噬"声后，周围一片黑暗，电路不稳，家里的电线又短路了，电阀门跳闸了。经历过无数夜晚靠着煤油灯度日的母亲，不慌不忙地找来白色的蜡烛，擦上一根火柴，点亮烛光，十几平方米的屋子，通常要点上两根蜡烛，一根放在灶台，插在灶神的蜡烛座上，另外一根置于餐桌上。对于蜡烛的放置，母亲可谓是相当娴熟，将点燃的蜡烛倒置，让火焰充分燃烧，融化周围的白蜡，化成烛油滴在桌面上，再将蜡烛摆正，置在烛油上，此时蜡烛就可以稳稳地站立着，不会再倒下来。点蜡烛吃饭，是农村里常有的事，在台风天更是频繁。

　　家里有一盏老式的鸭规灯，是早年前留下来的，自从村子里通上电以后，便不再用了，母亲便随意找了个塑料袋将它套起来，随手放在了碗柜的最下层。以前农村里的碗柜都是请木工做的，镶嵌在墙面上，与墙体连在了一起。里层是用厚实的木板做成的隔层，大约有三层，外层是木质的雕花木窗，两扇开合，中间两个小把手，方便取物。碗柜下方是两个木质的抽屉，皆都漆上了铁锈红色的油漆。最下层是一个储物柜，用来放一些拿取方便的物品。这盏鸭规灯就放在最下层的角落里。一次寻找蜡烛，无意间触碰到了它，出于好奇，将它取了出来，外面的塑料袋已经软化，几近腐烂，轻轻一扯，薄屑满天飞。将鸭规灯放在餐桌上，靠近烛光端详，底部的灯座变得锈迹斑斑，布满了点点的铁锈，如同长了老年斑一样，油罐里的煤油一滴不剩，在长年累月中慢慢蒸发了，原本透明的玻璃壁上附上了一些灰尘以及曾经燃烧时遗留下的杂质，变得浑浊不堪。一根通往油罐的油芯也变得坚硬无比，色泽成了灰黑色的，油芯的另一头，曾为照明燃烧殆尽。形似鸭颈的玻璃罩上，被火焰熏得极黑。

　　母亲见我端详着这盏油灯，纹丝不动。便与我说起了她小时候的故事，母亲对于煤油灯的记忆是深刻而久远的，在她所生活的那个年代，在闭塞的山头乡村，她曾经历经了无数个依靠煤油灯度过的日子。那时候煤油灯又称"洋油灯"，大多数的农村百姓是点不起煤油的，取而代之的是柴油。一家老小的生活全靠柴油照明了，有时候一个晚上下来，油罐里的柴油只剩半罐了，相当地耗费，隔三岔五就要去城镇买柴油，那时候打柴油需要自己拿个瓶子去盛放，一升的柴油在那个年代是一块多，贫苦人家就连柴油都快用不起了。

　　回忆起点鸭规灯的那个岁月，母亲异常激动，滔滔不绝地讲述了那个贫苦而又快乐的年代。母亲做过打柴油的活儿，还为此乐此不疲，因为只要有了柴油，鸭规灯就能点亮，就不怯怕黑夜。每到冬日的夜晚，农村里的夜总是黑得很早，除了要完成课业之外，还要帮助家里干活儿，为了能省下一些柴油，家里只点一盏鸭规灯，放在四四方方的八仙桌中间，为兄弟姐妹几个看书、写作业用。外祖母借着微弱的灯光，在灶台上洗刷碗筷，忙活好后，则静静地坐在一边织着渔网，由于鸭规灯的老旧，铁片的松动，跳跃着火焰的灯芯偶尔会掉进油罐里，导致油灯熄灭，屋子里顿时一片黑暗，几个孩子屏住呼吸不敢动弹，外祖母则要放下手中的梭子，擦亮一根火柴借以照明，用一把锈迹斑斑的剪子剪一下灯芯，有时候灯芯燃尽，要重新置换一根灯芯，这些灯芯通常为纯棉的棉线，灯芯尚有时，须剪下一小段，由铁片做的小口伸入，下伸到油罐里，让棉线吸收油液，点燃那一截铁片上的灯芯，鸭规灯便亮了，说来也奇怪，棉线就像一根吸管一样，随着时间，将油罐里的柴油都充分地带出，燃烧成了光明的火焰。棉线缺少时，只能拿来毛线，毛线太细，撑不起火焰，那怎么办呢？母亲就灵机一动将毛线多股合并，编织成一条纤细的麻花绳以代之，却也好用。

母亲只上到小学五年级就辍学了，因为家庭无法再负担起学费，尽管母亲的成绩一直不错，然而五块钱的学费对于穷苦人家来说，无异于是一笔不小的支出，在七十年代，五块钱可以供一家老小吃上一个月的米粮，家里兄弟姐妹多，开销大，也只能缩小开支。碰巧又赶上在那个封建思想尚有残余的时代，浙南山村崇尚"女子无才便是德"的落后思想，女子更是少有机会读书，早早地便开始务农、做工，年龄稍大一点儿的，还要负责照看家里幼小的弟妹，充当起一个"小母亲"的角色。母亲自从辍学之后，接近鸭规灯的时间便少了，有时候在屋子里，只能远远地坐在角落里剥着蚕豆。那盏陪伴着她走过无数个读书的夜晚的鸭规灯，突然间感觉灯光渐弱。鸭规灯还在静静地燃烧着，橘红的灯影在灰白色的墙面上摇曳着，炽热的火焰尖儿上，袅袅升起一股青烟，从眼前飘过，直至到了头顶之上，腾空而起，这些青烟难道遁于无形了吗？其实，它还存在着，如同柴油的魂魄一般，在发光发热，燃烧殆尽之后，沉淀在了头顶的"楼梁"里。

那时，在很多乡村的古厝，只建有两层楼，外墙为天然的石块所砌，被俗称为"虎皮石房"，屋顶为瓦片堆砌而成，虽结实可用，但也要定时拾瓦，剔除残破的瓦片，避免漏雨。地板皆用木板拼接而成，底下用几根粗硕的木柱支撑着，颇为结实。而这几根木柱就是洞头话所说的"楼梁"，现在大多数的乡村还保留着木制地板，而"楼梁"自然而然地也就被保存了下来，但大多数的楼梁以及其周围，都被熏得黝黑无比，因为楼梁高，所以无法及时清洗，经过长时间的积淀，黑渍便是根深蒂固。究其原因，竟是长年累月点鸭规灯的缘故。据母亲回忆，虽然鸭规灯耗油，而且点燃时多烟，会熏黑周围的环境，但确实亮堂，在空间较小的古厝里，一盏鸭规灯可以照亮每一个角落。黑夜里，需要缝补衣裳，织补渔网，熬得时间久一点，油罐里的油必是减少了大半罐。有时候舍不得用柴油，借着皎洁的月光，将就着将活计做完。

鸭规灯对于海岛人来说，是光明、祥瑞的象征。在洞头，据说囝女出嫁时，嫁妆中必定会有一对鸭规灯，它可是最为体面的嫁妆，被摆在最为显眼的地方，给新媳妇脸面增光的，所以即使是娘家再穷，为了不失新娘的面子，被夫家看不起，一对鸭规灯也是必不可少的，这是洞头自古沿袭下来的不能破的规定。新婚当天，一对鸭规灯会随着新定制的被褥、枕头担到夫家，所以又被称为新人的"枕头灯"，放在婚房的床头柜上，寓意为吉祥、美满、福源。"枕头灯"入新房之后，需点亮一整夜，不可熄灭。婚后，灯与被褥皆不可赠人或外借，听老一辈的人说，这样做会将福源外泄，福分就会减少了。这个习俗从古延续至今，就连二十一世纪的今天，洞头本地的女儿家出嫁，鸭规灯也是必不可少的嫁妆之一。但由于时代的发展，现在的鸭规灯不像以前那种陈旧的油灯，需要添油剪灯芯，都已经革陈除旧，换成了现代化的智能插电的灯了，但也被称为"鸭规灯"，婚嫁的习俗从未改变。

一次偶然的机会，在望海楼的老物件里，我看到了古老的鸭规灯，与其他海岛百姓早年的生活用品、工具陈列在一起。虽然我未经历过点鸭规灯的那个年代，但是在这些老物件里，洞见了一代又一代人跌宕起伏的生活，它是海岛百姓的生活写照，极具代表性的物件之一。虽然时过境迁，鸭规灯也渐渐退出了人们的视野，逐渐演变成了洞头的老物件，消逝在久远的时光长河中，但是它曾经点燃了海岛人的心，成了一盏岁月里的指引明灯。

至朴海陶

海泥，在海岛地区随处可见。成片的泥涂里，藏匿着数不尽
的海洋生灵。滚滚而来的潮水如同滩涂的纱裙，经过千百般裁剪
的蕾丝花边，层层叠起，惊艳了万顷波澜。青纱弥漫而至，将一
朵又一朵的浪花缀满了千疮百孔的滩涂。羽翼灵动的海鸥执起浮
动的裙摆，隆重登场，又悄然驰去。然而，海泥就在这海浪的轻
纱薄缦中，滋养出像女子般娇嫩，有如凝脂般的肌肤，细腻柔
和，晶莹如玉。

海岛的打鱼人长年累月在海涂上穿行，他们领会到了不让自
己深陷在海泥中的秘诀，甚至练就了驾着"泥涂船"在海涂上呼
啸而过的绝技。每当落潮，海水退去，广袤的海涂就像焦黑色的
绸缎裸露了出来。这时候，海岛渔民、渔妇，就连几岁小孩子也
都纷纷下涂，有的在海涂上穿行，捕捉在泥面上蠕动的泥螺、泥
穴里的蛤蜊、肥嫩的蛏子、活蹦乱跳的跳鱼，有的在剥落被网住
的鱼虾，海涂上熙来攘往，好不热闹。这些靠海为生的渔民们，
肤色多半呈海泥的色泽，黝黑而光亮，我的父辈如此，大多数的
渔民亦是如此。

海泥，似乎有着与人类共同的呼吸，于海天之间释放。当潮

汐退去时，泥面上布满了星星点点的小孔，微微泛着油光。这些细致入微的小孔里，包容着上万只的小沙蟹、泥螺……甚至是更多的未知其名的海洋寄生物，它们在海泥里生存，落潮时得以显现，涨潮时又瞬息不见。海涂的自愈力极为强大，它从未因此而受影响。海泥，甚至有着人类般的记忆，以至于在近千度的海窑里高温烧制不化，塑泥成形，化作刚毅且美丽的陶瓷。有人说，海泥是大海的灵魂，自由、奔放、狂放、桀骜不驯。但却在制陶人的手中沉静了下来，它感触到了人类手心的温度，当两者相触的那一刻，海泥的记忆便活现了，它开始变得柔软、细腻、温顺，任由制陶人百般揉搓，它知道出窑之时，便是它涅槃重生之日。

不久之前，赴洞头海窑艺术中心参观，历经盘旋的林间山路，来到这座隐藏在深山里的海陶艺术制作基地。这是我第二次来此，第一次是因洞头渔民画制品发布会而来。两次到访都给我留下了深刻的印象，陶器有陈列在架子上的，有端放在桌子上的，有置放在竹簸箕里的，都是新鲜出品，颇为吸睛。平日里，我喜欢把玩陶器，家里放置了几个，或是蘸墨挥毫在上面题字，或是缀点绿植鲜花，抑或是在陶器上画点水墨画之类的。在几个陈列架前来回踱步，细致地观看小巧精致的陶器，这些玲珑的摆件，每一件都有它的独特之处，虽然相似，却无一模一样的。

看似形态各异的海陶，可谓是小巧玲珑、巧夺天工，如若不做介绍，谁也不曾将它与海泥联系在一起，然而，这些独特、至朴的陶瓷，就是取材于海岛人司空见惯的海泥。海泥多见，而海泥制成的海陶却是第一次见到。记得小时候，常在海边玩堆沙堡，随手挖来海泥当作水泥糊在沙子的外层，借以巩固沙堡。过了许久，再回来看这些沙堡，海泥的皮层表面在日晒中，变得干硬，没有因海浪的冲击而四散，这或许是海泥可塑性的一面。但干硬的海泥特别难以清洗，与小伙伴一时兴起，互丢海泥，弄得满身狼狈，回去家中，却发现泥浆已经渗入了布料的纤维里，须得费上好大的力气才能洗净。就这样随处可见的海泥，从未想过，它能摇身一变成为海陶艺术品，一切仿佛浑然天成，实则万般艰辛。

说起方先生与海陶的缘分，却是源于方先生喝茶的爱好，让我有些诧异，并由衷地敬佩。喝茶之人善用茶器，并对器皿的要求极高。在将茶叶做到极致之后，方先生将重心转移到了喝茶的瓷器上，在意外得知可以尝试利用海泥制造陶瓷之时，难以言说的激动在心头迸发。2008年，方先生开始研究利用海泥制造陶器产品的方法，对制陶知之甚少的他，为了能实现他的想法，奔赴著名的"瓷都"——江西景德镇，并带去了家乡的海泥，虽然有专业人员的协助，但实现"海陶"之路并没有那么顺畅，接二连三的问题接踵而来。整整三个月的时间，方先生如坐针毡，因为他太想验证自己对海泥的尝试。三个月后，方先生得知海泥烧制失败，虽然有些失落，但他并没有放弃。失败并没有浇没他心中的满腔热血，带着家乡的情怀，他又开始奔赴各个窑口学习制作陶瓷的方法，方先生说："一批烧出来不好，就搁置在那里，然后再重新摸索，重新烧制。"历经几年的艰辛探索、反复试验，其中经历了无数次的失败，直到2016年终于获得成功，从此开创了一个全新的陶瓷品种——海陶，而方先生也成了海陶代表性传承人，海陶制作生产基地被定为非物质文化遗产体验基地。

追溯海陶制作的艰辛之路，据说，海陶是采用七十米深的深层海泥进行特殊加工而成的陶瓷制品，工艺流程极其复杂：首先须耗费半年以上的时间对采集的海泥进行反复清洗、过滤、晾晒，彻底去除盐分。之后须经过特殊的练泥过程，并使泥料腐化数年方可成为海鲜泥。为了一睹海鲜泥的腐化过程，我们也参观了海陶工作室，方先生将一袋用透明塑料袋包裹严密的海泥放置桌上，这几袋海鲜泥腐化的时间至少也有两年，方先生说："腐化是所有泥料必经的过程，腐化的时间越长，泥料的黏性越好，烧窑率越高，入窑之后高温烤制就不容易开裂，易于塑形。"出于好奇，大家用大拇指和食指取下一小块海鲜泥，轻轻揉搓，非常地细腻柔滑，并散发着淡淡的大海的鲜味，其中含有丰富的微量元素，铁元素含量极高，可软化水质。经过高温烧制后的海陶陶器，外形质朴而雅致。

由于海陶的制作需要长时间的等待，多数人不敢冒这个险。泥料腐化之后的状态，以及海陶今后的趋势，都是一个未知数。然而，在多数人看不到海陶的未来之时，方先生仍然坚持着，突破重重困难。在说到合伙人时，方先生表示，在前期的探索及中期的制作过程中，有几位合伙人加入，但由于海泥腐化需要等上几年，再加上花费极大，合伙人见长期没有收益便纷纷离去。一路上，有人加入，亦有人退出，但方先生却坚定着自己的梦想，将海陶坚持了下来。

海窑艺术中心的柴窑已经开始着手兴建，方先生说，待到柴窑建成，洞头就真正有属于自己的窑口了。

柴窑源于日本的美学，多用于茶具及茶室用器，对发色、材料、器形、韵味等因素都有很高的要求。作品可以分为上釉和不上釉两大类，作品的成败取决于土、火、柴、窑之间的关系。柴烧作品中的土为本土沉浮数年的海泥，海泥的耐热性好，其中铁元素居多，通过柴烧能让海泥产生一种温润、沉敛之美。柴烧选用的木材一般需静置约三至六个月以上，忌太潮湿，以利燃烧，以松木最佳。一般烧窑需三至五天，期间需不眠不休轮班投柴，投柴的速度和方式，气候的情况、空气的气流量等细微因素，都会影响窑内作品的色泽变化。自然上釉的海陶通常都是粗糙亚光的，层次丰富的矿物质在表面上形成了很好的质感及颜色的变化，留下了柴火曾经烧制的痕迹，自然无粉饰之气。

很多地区，在烧窑之前，都有敬窑神的习俗。据说，在磁州窑有一个窑俗，每逢二月十五，窑场内要张灯结彩，搭台唱戏，点蜡烛烧香纸，整猪全羊供奉窑神三月。表示对窑神的虔诚，盼望在一年内能得到窑神的保佑和赐福。大的窑场在鼓乐伴奏下，每日还要磕头跪拜再祭典三次，仪式庄严，规模盛大。但每个地方所敬崇的窑神都不一样，既然没有统一敬奉的窑神，海岛渔民最信奉妈祖，妈祖统管海上及海岛百姓，海泥又取之于大海，所以敬奉妈祖最为合适。方先生语歇，在座的人由衷地敬佩，觉得非常好。不仅能将海泥烧制成海陶艺术品，又将海岛文化与海陶艺术相结合，既丰富了海岛文化，又可将洞头海陶推向全国各地。

每当潮汐将陆地的泥沙、砾石送入海洋，远洋沉积物慢慢在大海里沉淀，直到渗入海泥中，化作每一粒微小的矿物质。海泥在大海里生成，继而被抽取、炼制、净化、腐化，直到最后，海泥借制陶人的双手，随意幻化成各种形态，不管如何揉捏、烤制，海泥对大海的记忆，无法覆灭，却又历历在目，最终沉淀在了每一件海陶艺术品里。捧起海陶杯，斟上一杯茶，轻轻抿上一口，茶香四溢，由海陶杯里缥缈而上。或许这是最好的实现，用海陶去盛放茶心的品质，用茶汤去暖化海泥的记忆。

海泥化作了海陶的心脏，继而感受茶汤的温和，感受鲜花的芬芳，感受一切前所未有的设想。

把盏渔家灯火

朦胧的黄昏，借微微的光亮，调制出介于黑与蓝之间的色调，平静无澜的海面上云雾缭绕，一盏盏微弱的灯火紧贴着海水，借着柔和且稀薄的月光倾泻在海面上，与灯火相映成趣，让人错把这缕灯光当作诡异的鬼火。

灯火渐渐地向海岸边拢过来，岸上的狗最先发现这一景致，声音冗长地吼叫了一声，铿锵而富有节奏的声音在海面上荡漾，随着轻盈的海浪扩散开来，这只狗似乎在呼唤披着朦胧月色归来的渔家，或许，那是狗晚归的主人。渔船在离岸百米处才能被依稀辨识出大致的轮廓。渔人娴熟地收起长时间经过海水浸泡的船桨，木头渗入了咸水，变得有些沉甸甸。渔船渐近岸边，抛出绳索固定在了岸上埠头的缆桩上。铁丝在竹竿上箍匝出简易的挂钩，挂钩上晃着一盏昏黄色的煤油灯，狗儿望见行走的灯光向它的方向逼近，非但没有逃离，反而轻吠了两声，静静等待着。渔人执着就快燃尽的煤油灯，借着微弱的灯影捋了捋狗毛，狗儿乖巧地伴随在主人的身边，一同往家的方向走去。

张叔的前半生就是在这渔船与汪洋大海中度过，二十多年前，他是个地道的渔民。他出生在二十世纪五十年代洞头的一个小村庄——垅头村里，父辈大多是捕鱼为生的讨海人，生活拮据，贫困潦倒。为了能减轻家里的负担，张叔很早就跟随父亲上了渔船，学习如何讨海。渔民的生活苦乐相伴，但大多数都是苦不堪言，有时候一出船就是两三个月，甚至更长的时间，渔民们吃住在渔船上，常常食不果腹，遇上寒冷的冬季，更是难上加难。有时在海上遇上大风，波涛的汹涌，使得渔船摇摆不定，可谓是惊心动魄，这些渔民在海上历经了大半辈子的风霜雨雪。

渔民的生活有着季节性的变化，并非长年累月在海上。等到休渔期的时候，诸多的渔船就会返程归港，此时，渔民才有一时半会的时间得以喘息。张叔与鱼灯的缘分，就是从一次休渔期开始的。有一次，张叔在村子里闲逛，看到村子里有位长辈正在做鱼灯，这位长辈就是洞头传统鱼灯制作的传承人——陈增卷老人。张叔一看到这鱼灯就目不转睛，全神贯注地直看到鱼灯完成。而此时，已近黄昏。张叔才恋恋不舍地回到家中，无心茶饭，脑海里一直想着白天做鱼灯的场景。

那时张叔已有四十多岁，自从那次与鱼灯邂逅，张叔的眼前、心里都留下了鱼灯的影子，他知道自己喜欢鱼灯。而此时，他是一个只知讨海的渔民，这些手艺活，他能做得来吗？历经了数月的百感交集，以及时时刻刻进行着的思想斗争，张叔最终决定弃渔，开始跟随陈增卷老人做鱼灯。据张叔回忆，陈师傅开始做鱼灯已有几年的时间，但都是独自一人单枪匹马，还好自己的果断跟随陈老师制作鱼灯，这一做就是二十几年。

洞头的鱼灯活动历史悠久，据说起源于清雍正年间，距今已有三百多年的历史。逢年过节，特别是每年的正月初八至十六，当地人以捕捞收货的鱼、虾、蟹等为样本，制作大小鱼灯，因鱼与"余"同音，寄托海岛人民年年有余的美好愿望，这一习俗便流传至今。2012年，洞头鱼灯舞被列入省级非物质文化遗产名录。

张叔说，由于鱼灯制作细节烦琐，一天只能完成一盏，最多两盏。鱼灯制作要完成五个步骤：取材、扎形、糊形、上色、剪贴等工序。由于村里的青年人都在外工作，所以垄头村目前只有三位老人担任鱼灯制作的工作，完成一盏鱼灯，需要花费很长的时间，须得从劈青竹开始。由于村里种植的竹子无法达到鱼灯所需的质量，所以大多数的竹子都是从外购置。竹子还须是青竹，柔韧度较好。青竹购买来之后，要劈成0.8公分的竹篾备用，劈青竹的活儿都是张叔及同村的几位老人亲力亲为，这样一来，耽误了不少的时间。张叔觉得，这或许是考验一个人的耐性，做了二十几年的鱼灯，竹篾的劈制也是至关重要，不可有丝毫之差，对后期的制作也是有影响的，也只有亲自动手才能准确地把握竹篾的粗细，交给别人做或许还不放心。

一盏好鱼灯，轮廓骨架是非常重要的。在以往的鱼灯制作中，手艺人按照各种鱼类的外形制出骨架及手把竹竿，用糨糊把纸糊在鱼形的骨架上，成为立体的鱼坯，在用各种色笔在鱼坯上着色，按照鱼类的特点，画出鱼鳍、鱼鳞、鱼头、鱼尾，及眼睛。中间插蜡烛以照明，或是装上手电筒。但是久而久之，他们发现纸糊的鱼灯易破，不容易保存，一次活动之后，大部分鱼灯都损坏了。张叔觉得，纸糊鱼灯并非长久之计，为了能将洞头鱼灯更好地传承下来，张叔与几位垄头的手艺人奔赴嘉善县参观学习，回来之后，他们便开始改善陈旧的制作手法。

经过一代代人的改良，如今的鱼灯取材更为广泛，将纸糊改成布制，采用了花布、绸缎等各种材料做鱼身及纹路，利用包边、裁剪、黏合等形式将鱼灯制作得更为形象。在垄头鱼灯工作室里，看到了几盏做好的鱼灯，有黄鱼、鱿鱼、虾、螃蟹等。散落在工作台上的布条，裁剪得错落有致，而鱼灯里的灯芯早已革旧换新，用 LED 灯取代传统灯烛及手电筒。与张叔同村的林章营一直摸索着改良鱼灯。经营铝合金生意的他，用金属搭建起柔韧结实的框架，分鱼头、鱼身、鱼尾、鱼鳍等，各部分可灵活转动。

每年的大年三十及元宵节，洞头素来有舞龙踩街的习俗，其形式有单独组织鱼灯会的，也有配合龙灯、马灯、狮灯进行游舞活动的。大年三十晚上，舞龙队便开始由新城往中心街沿街而下，除了庞大灵动的主龙灯，其中还有各种鱼灯伴随。那天晚上，各家各户早早地吃了团圆饭，便开始期待舞龙表演，有人在自家窗台上观望，有的人甚至等在了街边，等待舞龙队的到来。

记得儿时，要想看一次"舞龙"实属不易，山村偏远，那时就借住在城镇的亲戚家，吃了晚饭后在舞龙的必经之路等候。随后，从不远处传来敲锣打鼓的声音，就知道舞龙队来了。一片七彩的灯光越来越靠近，锣鼓声越来越大，直至眼前，耳边传来小孩子的欢呼声，与铜锣鼓声融合在一起。

说到对鱼灯的记忆，张叔的脸上露出了慈祥平静的笑容，脸颊上那几道岁月里沉淀的沟壑泛发着油光，深邃的眼神透露出坚定与淡泊，话语间，他偶尔将那双被海水侵蚀了大半辈子的双手揣在棉衣的口袋里，那干裂的嘴唇呈现出海涂般的色泽，已至古稀之年的张叔，倒显得神采奕奕。

鱼灯成了垄头村世代传承的村文化，不仅是鱼灯的制扎手艺，鱼灯舞更是凝聚了海岛人智慧的结晶，寄托着渔乡人民美好的愿望。在传承过程中逐渐形成了独特表演形式，表演者手举各种鱼灯，模仿鱼类在水中悠游的姿势。但遗憾的是鱼灯舞没有任何文字记载，而是通过代代口头相传传承下来，作为渔村逢年过节，拜神祭祖的必备节目。

一盏盏鱼灯，汇聚了万家灯火，鱼灯文化，在海岛人的薪火相传中，更具时代的意义。用一盏鱼灯，照亮海岛文化的传承之路，不忘祖辈的智慧。

渔人码头

秋日里，山色空蒙幽静，与好友从渔人码头行脚至白迭。

在洞头岛上，有诸多大大小小的码头，皆为船舶停靠的埠头。此处名为渔人码头，虽为潮水相拥，但早已鲜少有船只停泊在此处。码头上铸造了一条长长的堤坝，仿佛是盘踞在海面上的长龙。堤坝两边，一分为二，景色各不相同。左边的海岸原为九仙村的海域，但由于填海复兴，边缘大都已经干竭，成了一片盐碱地。说来也奇怪，在海水蒸发的裸地上，海涂干裂，化作了地面上的死土。除了土生土长的海草之外，盐碱地上却是草木繁茂，生长了大片的草甸子。

时值仲秋，层林尽染，草甸子旁依附着晶莹剔透的碱蓬，如一抹晚霞着色。碱蓬的嫩苗俗称为"狼尾巴条"，成株又称为盐蓬、盐蒿子。通常生长于海滨、荒地、渠岸、田边等含盐碱的土壤上，素来有"翡翠珊瑚"的雅称。站在堤坝上，远远观望着了颜色的碱蓬，红绿黄相间，晕染出朦胧且梦幻般的色泽，如一团团色彩缤纷的蒲垫，让人有席地而坐的冲动。

好友身着一袭艳丽的红色改良旗袍，衣领为中式的盘扣，铜氨丝面料，轻盈而飘逸，为了衬托这美得窒息的盐碱地里的草甸子，特意穿此衣裙应景。从堤坝上下至盐碱地时，这片曾经的海域已经与陆地别无两样，除了地质不同。踩在盐碱地上，海涂变得生硬干裂，泥面上、泥地里散落着搁浅的扇贝、海螺。由于长时间没有被海水洗涤，在强烈的日照下，它们开始发白，倒是有着几分的素净。裙摆拂过碱蓬，在秋天里定格下了浓烈的一笔。清风徐来，兜兜转转地走在这片奇特的盐碱地，游荡几十米远，继而又走上堤坝。

堤坝上清风几许，灌满衣袖，点点凉意。两人踟蹰地向前走着，抬头瞭望不远处洞头峡大桥上来往的车辆，它们如蝼蚁般渺小，海面看似平静，实则在暗自澎湃涌动。堤坝的右边有几处出口，沿着水泥砌成的台阶向下，有一处小广场，广场上摆设着几个铜人塑像，姿态栩栩如生，堤坝下方靠近大海，有着诸多的被海水冲击上来的漂浮物，大都是浮木、竹子、杂草、生活用品之类的。儿时在乡村老家，常常跑到海畔的石滩上，寻找一些被海水冲来的漂浮物，它们有些搁浅在石滩上，有些散落在石缝里，搬开石头，能找到一些小玩意儿、废旧的生活品。最为欣喜的是，偶尔能找到一些女孩子的发夹，多为塑料的，在二十世纪九十年代里，对于爱美的女孩子来说，能寻到几个发夹已经是非常开心的事了。

堤坝与海涂的衔接处是一整排的排水孔，多用水泥制成，可见非常牢固。排水孔的石滩上，布满大大小小的滩石，偶有人沿滩拾海螺、凿牡蛎。好友提议到石滩上看看，踩着排水的石头，一步一挪，颇为小心谨慎。因为这些抵御海浪的基石时常被海浪冲击，故而石头上会滋生一些暗绿色的苔藓，难免会打滑。

行到拐角处，看见一个蓝色的浮标静置在角落里，或许是从渔网上脱落，再被海浪冲击上岸的，一直就滞留在这儿。随手拾起这个椭圆形的浮标把玩，两头圆润的浮标上，留有两道浅浅的用来系绳的道痕，我是认得这个玩意儿的，但一时间却叫不出它的名字。早年前，父亲讨海时，渔网上便系有这种浮标，围绕在渔网的两边，浮标的作用就是作为浮于水面上的一种标示物，能及时感知鱼儿是否已经入网，再则就是让渔网变得更有浮力，在水中布下一道灵动的障眼法，使得鱼儿入得网中来。但是时间一长，浮标很容易脱落，随着水流漂走，所以每次补渔网之时，还需系上新的浮标。

记得儿时，时常拿父亲的浮标把玩，当作敲击的乐器。浮标比较轻盈，能浮在水面上。这个浮标是以前的老浮标了，跟儿时见到过的一模一样。浮标上刻着"浙江"两个偌大的字眼，为福建制造。父亲歇渔之后，弃渔从商，家中大大小小的渔网都被卖掉了，自此之后，再也没有见过此种浮标了。走近岸边，用海水洗涤着手中的浮标，用纸巾将水吸干，揣进口袋里，留作纪念吧。

再往前走上几步，就能看见一个巨大无比的海螺，这是渔人码头上的主要标志之一，足有三米之高。这个海螺屹立在渔人码头，想来自有它的寓意。右手轻抚过螺身，油漆表面光滑而又平整，用指头轻轻叩响，发出清脆的叩击的声音，可见此海螺是空心铸成。海螺标志引来了数人在前拍照留影，各种摆拍，姿态丰富饶有趣味。海螺的纹路用棕褐色的清漆勾勒出来，非常逼真。夜幕降临之时，天空晕染出一片五彩晚霞，四散在海螺的周围，如同一道道灵动闪烁的光芒，美得令人称奇。

这条宽而长的堤坝是通往白迭的和尚礁，我曾多次骑车从此经过。天气好时，这里的天空非常湛蓝，蓝得如同颜料打翻了一般，自然流淌，几缕素云随海风的吹拂而四处游动。渔人码头的天空是我迄今为止见过的最为广阔的，站在堤坝上，让人如觉身在天地之间，心无旁骛，周遭再无其他。天空的纯净让人心变得非常宁静，一呼一吸皆在海浪的沉浮之间。身处喧嚣的俗世，这里却是别开生面的一处僻静的海外桃源。

在堤坝上走走停停，听风于无痕，观云于无影。波涛涤荡风尘，芦苇在秋风里渐渐地丰腴，花絮四处飘散，落入围垦的池塘里，飘散在灌木丛里，或是被风带入海里，被鱼儿觅食了去。观望之余，一个小孩骑着脚踏车从我的身旁经过，他的父母随其后小步跑着，三个人的身影渐渐地远去，直到模糊不清，与那风中的棉絮缠结在一起，分不清是棉絮还是远去的身影。

每当心情郁结的时候，我总会在这条堤坝上骑行，或是踽踽走着，观望着广袤的天际与大海，一切皆能不治而愈。

白马古道

一

白日里登山，白马古道当是首选。栈道平坦，老少皆宜。

二月里的第一天，空气里带着早春的气息，萦绕在等待萌生的草木之中。今日天气明媚适宜爬山。洞头的山大多不高，数望海楼所属的那座山峰最高，而白马古道的终点就在望海楼，立春将至，天气回暖，最适合登高望远。驱车至小朴村，将车子停在了白马寺的停车场。

白马古道为何取名为"白马"，这里还得从小朴的白马文化说起。传说福建永春遇到了百年不遇的干旱，赤地千里，庄稼颗粒无收，百姓们生活异常艰难。有一天，唐三藏西天取经所骑的白色神马路过此地，看到此地状况凄惨，百姓们食不果腹，不忍离去，执意要留下拯救百姓的困苦。历经千苦万难，神马的至诚爱民终于感天动地，祈得甘霖普降。当地老百姓为纪念神马的无量功德，建造了一座金碧辉煌的白马寺。白马寺一年四季香火不断，每年的元宵节还举行马灯游艺。

到了清乾隆年间，林姓和颜姓祖先从福建永春经平阳至玉环后移民来到小朴，历代以捕鱼为生。因出海至险，为祈求平安，村民就仿照老家的习俗在村里建造了白马庙，逢年过节烧香拜奉祈求风调雨顺，年年丰收，岁岁平安。每年的除夕夜、元宵节、八月初六举办马灯游艺活动。马灯一般为八匹，由竹扎和包纸糊贴而成，现在改为竹扎和布做，分头尾两节。马头捆缚在舞马灯人的前头，马尾在背后边走边舞，民间至今流传"元宵游马灯，家家喜盈盈。马首生辉映，年年保丰登"的民谣。

沿着村里的小巷进入白马古栈道的入口，两旁的虎皮石房依旧保持着乡村里淳朴的景致。一条石头砌成的浅显的水渠，因为久未下雨而干竭，沟渠里一滴水也没有，石缝间萌发了一些绿色的小植被，沟渠底的水鸭子也不知了去向。走上凌驾于水渠之上的石拱桥，这座只有短短几年的小石桥已见沧桑，斑驳石面上坑坑洼洼，历经岁月的侵蚀，驼着背，弯了腰，就像石厝里走出来的一位耄耋老妇，弓着腰背，想来是承载了太多的生活的"给予"。

其实，本可以绕道而行，选择不从石拱桥上而过。但石拱桥就像书里走出来的诗意与绝妙的风景，在大多数人的脑海里种下了。一如卞之琳的诗句："你站在桥上看风景，看风景人在楼上看你。明月装饰了你的窗子，你装饰了别人的梦。"从桥上走过，就能与清风更为近一些，举手投足间仿佛在诗意里穿梭，莞尔转身，低眸浅笑，留下那旧石桥上翩然的记忆与身影。

古道的入口极为普通，从农家的几级石阶上来，就可以看见景区的指示牌。进入古道，目之所及皆是葱茏的树木，林间清风徐来，草木微微颤动，散发着满满的浓郁的草木香气，让人仿佛身在氧吧，呼吸畅然。栈道两旁的草木多为樟树、鹅掌柴、松树之类的。此处虽被开发成了旅游登步的古道，但却对树木毫无伤及。登过古道的人，想必都看到了多个转接处，一棵棵一两米高的小树被完好地保护起来。即使大小树木盘根错节，纵横交错地生长，工人们也没有将这些横挡在栈道中间的树木砍伐，反而是在木栈道上留有一道略微比树木粗的口子，任由树木自由生长。虽然每每行到此处，都突然会出现一棵小树阻挡前方的路，需侧身绕过，弯下腰的时候却感觉非常自然，颇有意趣。如此一来也成了拐角处的一个亮点，让双脚疲惫的攀登者能席地而坐，倚身在树干上，闭目冥想。阳光透过稀疏的枝叶，斑驳的树影落在了攀登者的眉眼之间，颇有一番偷得浮生半日闲之感。

两个孩子争先恐后地跑上了一级又一级的木阶，仿佛毫不费力，几个大人随其后气喘吁吁地迈上几步，又原地喘口气，如此反复。林间草木繁茂，转眼间两孩子就看不见身影，呼唤了几声，换来他们的答应，便又辗转向上。女儿是第一次来攀爬白马古道，显得颇为兴奋，想来可以四处游玩，免去了严格规定的午睡，可谓是乐哉、悠哉、快哉。

行到半山腰，路遇清风圃。清风圃是一处栽满竹子的竹林，满园的竹子被一道木门围拢，周围两道栅栏，与外面的栈道隔了开来。木门上用行楷刻着一副楹联："读有用书行无愧事，学虚心竹做实在人。"竹子历来被文人墨客所称颂，其高洁的品质被世人所追随。著名学士苏东坡曾在《竹》一诗中有云："宁可食无肉，不可居无竹。无肉令人瘦，无竹令人俗。人瘦尚可肥，士俗不可医。"人所共知，苏轼喜欢吃肉，并自行研发了"东坡肉"流传至今，但他却说：宁可不吃肉，所住的地方也不能没有竹子。没有肉只会让人消瘦，但没有竹子却令人俗气。人消瘦了还可以长胖，可俗气却没有办法医治。古往今来，爱竹之士不止苏东坡一人，晋代的王徽之最喜爱竹子，"乘兴而行，兴尽而返"的典故就是来自王徽之。《世说新语》中记载："王子猷尝暂寄人空宅住，便令种竹。或问：'暂住何烦尔?'王啸咏良久，直指竹曰：'何可一日无此君?'"

走进清风圃，清风摇曳着青枝，叶落疏影倾洒在斑驳的竹叶之间。一直以来很喜欢"湘妃竹"的故事，每次读起，心头就感觉几许凄美。传说尧帝有两个女儿——娥皇和女英，都嫁给舜帝为妃，后来舜帝在苍梧地方死了，他的两个妻子昼夜啼泣，她们将嗓子哭哑了，眼泪流干了，最后哭出血泪来，也死在了舜帝的旁边。娥皇和女英的眼泪，洒在了九嶷山的竹子山，竹竿上便呈现出点点泪斑，有紫色的，有雪白的，还有血红血红的，这便是"斑竹"和"湘妃竹"。据说用湘妃竹做成的用具，如折扇的扇骨等，都是非常名贵的。

白马古道有几处大大小小的观景台，可以一览小朴村乃至新城区局部的概貌，这些栈台设置得颇为巧妙，能从不同的角度俯瞰山下的景色。就快到顶端的地方，有一处望海楼的收费点，再往上走几十米就能到达望海楼的辖区内，但由于此处关卡暂时关闭，所以只能停留在售票处的观景台上，比起望海楼的最高处，此台也是不错的观景区域。远处拔地而起的高楼大厦，尽显洞头近年来的繁华。亭台楼阁、山外青山、桥梁车辆皆为同框之景，安逸和谐的海岛生活，让人流连忘返。

最远处，有几座云雾缭绕的山峰，仿佛坐落在天际，如同指甲盖般的大小。青山不见颜色，像是天上的浮云幻化而成，隐隐若现。定睛一看，山形的大致轮廓依稀可辨，寥寥几笔，勾勒出来，如同泼墨山水画里呈现出来的水墨青山。

在观景平台逗留了一会儿，已近下午四时，阳光明显有些稀薄，慵懒地拂照着。立春未至，已然有种春归的感觉，阳光夹带着朦胧的雾气，空气湿润而潮热。登顶之时汗流浃背，孩子的额头渗出了汗水，湿透了齐刘海，粘在一起的发丝，吹着下山时袭来的冷风，逐渐又变得干爽利落。俗话说："上山容易下山难"，一时兴起登上顶峰，一览众山小，可谓是快哉。下山之时，颇感轻松，但腿脚容易乏力，一不小心容易踩了个空。

返回到半山腰，清风圃的竹子依旧在清风下摇曳着青影，地上落下的竹叶被风扫起，在半空中盘旋着又落了下来，昔日枝头晃青影，今朝零落为泥泞。一簇簇枯竭的竹叶积拢在泥地上，久而久之这些枯叶吸收了大地的精华，也成了大地般的颜色。一只狗儿闯入了视线，四脚并做两脚迎面而来，从身形来看，这只狗应该不凶悍，两孩子看见有一只狗儿，疲惫的脸庞立马变得欣喜，忙着与狗儿玩耍。因为之前留下被狗儿抓过的阴影，一看见狗，我就躲得老远，当然不想让孩子离它太近，以免狗儿反常。我连忙将狗儿唤开，示意它下山回家，狗儿仿佛知道不受待见，转身奔下台阶，但又返了回来，几次三番，狗儿仿佛不愿离去，一路随我们回到了栈道入口处，就不见了身影。

用目光四处寻觅，抬头却看见一个白色的牌子上写道："禁止偷挖竹笋，违者……"

草丛里的几只泥塑马儿，仰着蹄儿，做足了即将奔腾的姿势，但却困于杂草缠身，终无法遂愿。

二

白马古道夜景刚竣工的时候，一时名声大噪，成了洞头新鲜出炉的网红打卡点。许多人慕名而去，踩点游览。

我曾也约上几位好友夜游白马古道，背上喜爱的乐器——色空鼓，就雷厉风行地赶赴了，想在静谧的山顶聆听悠悠之音。

夜晚的小朴，更多的是各色霓虹灯的汇聚，五彩缤纷，不到片刻就花了眼睛。

白马古道的夜景与白天不同的是，白日里登山观景，欣赏山中的葱茏草木、鸟语花香。一到夜里，在黑夜的覆盖之下，不见山中景，只剩下幽静的暗夜与那栈道上一盏盏昏暗的灯光。黑夜里，灯光是主角，缀满了蜿蜒的栈道，成就了夜色里白马古道的一处别致的景色。

沿着栈道拾级而上，微微抬起头，一个形似雪球的圆形物体悬挂在树枝上，白日里看并没有什么特别之处，到了漆黑的夜里，就成了一盏盏玲珑剔透的球灯，在微风中轻轻颤动。灯影落入到栈道上，投射出一朵朵光亮的灯花，绽放在了风尘仆仆的登山人的脚边。灯光之美，在于璀璨夺目，像极了不夜之城的夜景。

灯光为静谧的山林营造了一番热闹的景象。朝着霓虹灯的方向向上攀登，继续探寻星光下的足迹，一匹灵动的马儿跃然出现在眼前，白色的鬃毛，仰着马蹄奔腾。往前走上几步，又出现了卡通形象的戏子灯影，国色天香的牡丹花上彩蝶飞舞，最令人称奇的是七仙女与董永鹊桥相会的灯影，演绎一段感人的爱情故事。各色的美轮美奂的图片成了白马古道最为亮丽的风景，这些诗意的灯影，述说着黑夜里绵延不尽的喜乐悲欢。片片樱花瓣从树上飘落下来，伸手去接落下的花瓣，花瓣停留在手心里，贴在身上，转而又消失不见，徜徉在灯与影的梦幻之中。

因为寻觅灯光而来，所以一路上攀登并没有那么疲惫。观景平台是登山人停歇的好地方，也是再出发的起点。这里依然是灯光投影，但却叫人有几分感触。只见平坦的木栈道上出现一小段句子，随着灯光的转动变换着肥与瘦。"我爱你，不是因为你是一个怎么样的人，而是因为我喜欢与你在一起时的感觉。"看到这段话的时候，突然间想到了舒婷的《致橡树》："我如果爱你——绝不像攀援的凌霄花，借你的高枝炫耀自己。"爱情的简单与纯粹或许就是如此，没有过多的世间俗事。

　　不久之前，看到一位曾经要好的同学在朋友圈频频抒发一些悲观消极的情绪，心想着有些不对劲，就私信了她。攀谈之中，知道了她正遭遇婚姻危机，正在与她的先生闹离婚。原因是先生是"妈宝男"，听尽了母亲的话，对妻儿漠不关心，使得她整日都在怨恨中度过，为此患上抑郁症。我大吃一惊，这位同学曾经是多么阳光开朗的一个人，但却终究抵不过结婚生子之后的变化，家庭的琐碎到底还是将一个女人磨成了歇斯底里。正当我沉浸在过去的回忆中时，她发来了一条信息："好在有了药物的控制，目前状态还好。"我不善于安慰人，心疼之余，只能好言相劝，让她好好善待自己，无论如何，身体状况良好才是最为重要的。

　　或许，曾经的如意郎君如今并不能让你如意，世事多变，大多数人或许做不到舒婷诗意里的：分担、共享、终身相依，这是爱情里唯美的愿景，既然是愿景，多数也是会有变数的。

　　下山时，古道的灯光依旧璀璨夺目，让人心花怒放。待到天亮时，灯光熄灭，又是另外一番景象。但不管是黑夜还是白天，各有各的景致。灯影相惜，有灯必有影，有影之处也有灯。

螺钿

之所以知道螺钿的存在，是源于一次文博会上的遇见。其实在此之前，我已经在洞头东海贝雕博物馆与它有过一面之缘了，只不过当时还不知道这种细腻而精巧的工艺品就叫作"螺钿"。

初遇螺钿，就感觉特别美好。一个个别致的木匣陈列在绿绒布上，在灯光的照射下，显得光彩莹亮。这种木匣子，或许就是古代女子所用的妆匣，也就是现代的首饰盒，用来盛放一些平常穿戴的饰品。盒子本身可能是梨花木，也有可能是昂贵的红木，木质清漆光滑平整毫无毛刺，匣子上镶嵌着五光十色的贝壳贴片，图案各异，有象征富贵的牡丹花卉，有龙凤呈祥，更有精细的百花百鸟图，灵巧而栩栩如生。

千百年来，每逢女子出嫁，娘家总要给姑娘一份丰厚的嫁妆，首饰盒是必不可少的，但是如此昂贵的妆匣，或许只有富贵人家才能拿得出手了。

每念起螺钿，重音落在了"钿"字上，去声让人感觉非常厚重，"钿"与"甸"同音，螺钿曾又称"螺甸"。"钿"，在康熙字典里的解释是古代一种嵌金花的首饰，把金属宝石等镶嵌在器物上作为装饰，素来有宝钿、金钿和翠钿之分。

曾经有段时间，受古典文化的影响，我对"钿子"十分着迷，宫廷剧的热播，吸引了一大批"宫粉"围观，荧屏中后宫佳人头戴簪花钿子，翡翠珠花步摇，亭亭玉立，婀娜多姿，让人心慕。琳琅满目的钿子，真是独具匠心。

　　初次去东海贝雕博物馆，是因为一次孩子的亲子活动，带着女儿参观了贝雕博物馆里的陈设，随后上到了二楼去做螺钿书签。一楼的陈设主要为历史走廊、世界螺钿厅、工艺厅、标本化石厅等展厅，共收藏有1200件唐朝以来的贝雕文物。更有一些可以售卖的贝雕工艺品，多半为海贝海螺装饰的学习用品、生活用品、摆件之类的。这是第一次陪着女儿做螺钿书签，在这之前我对螺钿一无所知，也从未敢想贝壳竟能制成如此美轮美奂的工艺品。在等待之余，顺便参观了二楼的各个工作室，每处角落都流露出浓浓的海岛文化的韵味。工作人员端来了一盘细碎的贝壳片，只有米粒的三分之一大小，如同海滩上粗粝的海沙，据说，这些贝壳碎片取之于原生态的海贝，珍珠蚌之类的，很大限度地保留了这些原材料的色彩与光泽。螺钿书签上所要装饰的是一棵小树，而细碎的薄片就用来装饰书签上刻画的枝叶，用牙签的圆头蘸上一点胶水，再点点亮片，通过胶水的黏合，使得小树别开生面，枝丫顿时鲜活了起来。

　　陈列柜里有很多螺钿的木匣子，与文博会上遇到的一样，只是花色种类更多。螺片与漆的结合，可谓是手工艺上的一大亮点，有人称赞道："一个是闪烁如星，一个是漆黑似夜。"平淡无奇的漆面上镶嵌上明亮的螺片，如璀璨的群星，光彩夺目，令人恍然联想到了夏夜里的星空。

　　这种螺钿工艺品，大都属于螺钿漆器，它始于商周，盛于大唐，是传承数千年的手工艺。而螺钿主要取材于蚌壳，将其珠光层磨薄磨光加工成薄片后，制成花纹，鸟兽、人物形象，嵌入预先雕成的凹形图案内，再髹上一层光漆，之后磨平抛光使钿片露出，就制成了色彩艳丽的螺钿器物了。

　　不久之前，朋友送了我一枚木质的螺钿书签，正是东海贝雕博物馆出品。书签放在一个黑色的小礼品盒里，盒子上贴着一个"东海贝雕艺术博物馆"的标签，简洁而不失品位。打开盒子取出书签，漆面光滑，切面圆润。书签上端被雕刻成望海楼的飞檐，楼顶正好留有一个小孔，用一条宝石蓝的绳子系成一个中国结，绳尾上缀着两颗贝壳磨成的白色的珠子。书签上刻着："洞天福地，从此开头"的字样，又用泥金描了一遍，跃然于书签的表面。书签下方镶嵌着一枚望海楼剪影的螺钿，棱角分明，精致而小巧，螺钿上虽然微小的瑕疵，但也不影响整体的效果，更显原生态的螺片的色泽。

　　这枚螺钿书签，既有着家乡文化的底蕴，也十分具有代表性。每当翻阅书籍的时候，它就夹在文字与文字之间，螺钿花纹随着时间的流逝愈发地锃亮，像是夜晚的望海楼，灯光璀璨，宛在洞头最高的山峰之上。又如同是万家灯火闪烁光辉，映现在了这枚小小的螺钿里。

　　螺钿的美，素雅，简朴，没有赘饰，所以我对其爱之入骨。去年将近生辰的时候，我又跑了一趟东海贝雕艺术博物馆，为了买两支螺钿钢笔作为自己的生日礼物，前一天去的时候，博物馆已经闭馆，第二天为了赶早，下了班立即又去了一趟，终于如愿以偿，买得了喜爱的螺钿钢笔。由于用了天然的螺片，又是纯手工定制，螺钿钢笔比起其他的钢笔价格贵上几倍，但又物超所值。

　　螺钿的诞生，要感谢经过波涛长时间冲卷淘漉的海贝，这些玲珑剔透、形态各异的贝壳，是大自然馈赠的宝物，是民间工艺的一块瑰宝。

渔乡海雾

　　海岛的春天来得有些迟，一切如同是归港的渔船，还在静谧的避风港里沉睡，桅杆轻晃，水波荡漾，海风扶起耷拉着的旗帜，迎风飘扬着。海岛逢春，恰是要等到盐碱地里的草甸子抽绿新芽，梅园里的花苞次第绽开，翘首以盼，纵横交错的迎春花丛里的第一朵鹅毛黄，才拭目以待，静听春风绕枝，渐看姹紫嫣红渲染百岛大地。

　　每年的三月里，岛城上的春天方才姗姗而来，像是久居春闺里的姑娘。晨起间，在小轩窗梳洗一番，巧画黛眉，芳脸匀红，但却不着华服浓妆，而是披着一袭轻薄的雾纱而来。腾云驾雾在山海之间，左手散雾，轻挥衣袖，空蒙的迷雾就缱绻在岛城的上空。右手点石成花，刹那间草长莺飞，春色满园，桃花灼灼粉面相宜，绽放于绿肥红瘦之间。

　　海雾，漫卷升腾，时而幻化成各种形态，像是大海独有的生命体，在以它的独特的方式在海面上蔓延。我曾经看到过一位穿戴着防水靴的渔民在退潮时下海，驾着泥涂船在海田里驰行，速度飞快，从这头到那头，如同在云雾里穿梭，海雾一丝丝地逼近他的发丝，在他的身旁萦绕，直到将他吞噬，眨眼间那位渔民不见了身影。就在我四处张望，用目光寻找他的时候。过了一会儿，渔民驾着泥涂船又在迷雾中脱身而出。这个姿态，像极了守岛的勇士，冲破迷雾险境，义无反顾，不被浓雾所阻。

涨潮时，有人过来泛舟，依靠船桨的力量，小舟在迷雾里缓缓驶去，渐行渐远，消失在山与海之间，这是一次在半屏山大桥上的偶遇。我素来有跑步的习惯，于户外，我喜欢选择风景优美的路线，锻炼身体顺道采风猎景，可谓是一举两得。半屏山韭菜呑的灯塔一直是心中所念，灯塔是众多人心中的诗意与远方，孤立存在着，它如同一种坚毅的信仰，更似心底的一道光亮，总在黑暗无光的夜晚，散发着光芒。去半屏山韭菜呑，须得经过七彩渔村，七彩渔村就是原来的洞头村，随着旅游业的发展才有了现在这个景点名称。村子不大，面朝大海，独具地理优势，渔民抓住了民宿崛起的契机，弃渔从商，大都将自个儿家的房子改成了民宿。这些石厝有些被推倒了重建，竖起了高楼，有些保有渔村的本色，只不过将房屋的切面漆成了七彩颜色，所谓七彩渔村，就是因此而来。再加上近年来台湾海峡两岸同心文化入驻洞头村，整个街与道，便充斥着浓郁的台湾韵味。一面色彩鲜艳的墙绘，一簇风趣有特色的闽南语，让整个洞头村顿时鲜活了起来。

晨起时，正是浓雾集结的时候，白茫茫的一片，无法看到对岸的村庄与道路，只隐隐露出了青山一角，这角青山如同水墨速写一般，随着大雾的漂浮、迁移，逐渐遮挡了原来的真面目。七彩渔村早在嘈杂声中苏醒，靠海一侧的路旁，已悬挂着处理完的水龙鱼，渗滴着水珠，滴答、滴答……樟树底下坐着一位穿着大红棉布衣的妇人，看上去五十来岁，一把破旧且残缺了椅背的竹椅，在她肥硕的臀部下被压得嘎吱嘎吱作响，看上去不堪重负。

这把破旧的竹椅全然没有影响到妇人的忙活，只见她微微将头埋在胸口，用娴熟的手法，将这些肥嫩白净的水龙鱼剖开，扯出内脏及齿鳃，丢到身旁的一个塑料筐里。她的两侧，是一排排整齐的已经悬挂好了的水龙鱼，用纤长的尼龙绳串起，系在道路两旁的树干之间，等待被风干。眼里所见，是渔村早晨的风景，忙碌的身影，交织在活鱼与绳索、波涛与岸石、海风与浓雾之间，还有那嘎吱响的竹椅，击磨着耳朵，在下一刻，仿佛会立马崩裂四散，成一堆无用的碎竹。

向着七彩渔村的马路前进，铺满沥青的坡道，摩擦着鞋底的凸纹，急缓的脚步落入地面又迅速弹起，三步并作两步，转身到了半屏大桥上，深蓝的桥栏在云雾缭绕中若隐若现，如同一朵倚靠在桥边的浮云，乘着过往的清风稍作小憩。停下步伐，深深地喘上一口气，如释重负，呼出的气息伴随着鼻翼之风融入雾气，转而被逃窜到桥上的海风所带走。站在桥栏边，总感觉桥梁在随着浓雾的漂浮而缓慢移动着，双脚有些战栗，心生慑惧，本能性地退缩到桥中央。

顷刻间，云层仿佛裂开了一般，一束微弱的阳光从白雾的缝隙里喷射而出，击碎了集结的浓雾，周围的雾气缓慢散去，不远处的房屋逐渐明晰了轮廓，七彩渔村暂露新颜，变得更加明朗了起来。站在桥上，依然可以清晰地看见樟树底下坐着的那位妇人，将一串又一串的水龙鱼系在两棵树之间。一艘货船，打从桥下而过，水波推动着船尾，劈开一层层水花，形成了一条隐形的水路，船过之后立即又恢复了平静，完全看不出船只驶过的痕迹。

行到灯塔坐落的堤坝上，有渔妇在修补渔网，织网的梭子在网眼里来回穿梭着。记得小时候，乡村的生活拮据，村里的很多妇人都会去镇上"拿网线"织成渔网换钱，就类似于雇主与雇员之间的劳动关系，靠的就是技术。雇员去雇主那里取足够分量的网线拿回家，渔农业暂歇的时候，利用空闲的时间，就可以织上几条渔网，拿回雇主那里换上几个钱。那个年代，一条成品的渔网四五十块钱，在当时，也是一笔不小的收入。手眼麻利的妇人，一周就能织好一条渔网，去趟城镇，就能捎几斤肉、米、面回来。母亲也曾拿了些网线回来，起了个网头，系在方形的木椅上，忙碌时就搁置在那里。我见织鱼网好玩，也学母亲的样子织了起来，但最后织法都是不对的，又得重新解下几行。母亲见我热情高涨，自己又忙得无暇去织，便手把手教我织渔网，还别说，小孩子家家，学东西就是快，很快就学会了织法，母亲就完全交由我去织了，一条渔网，断断续续地大约织了一个月。除此之外，母亲还教会了我如何在梭子上绕线，如何正确放小竹片（用来固定网眼大小的竹片），让我成了名副其实的渔家姑娘。

父亲那时还是个渔民，出海捕鱼经常是早出晚归，讨海归来之时，一家子就要开始忙活了，母亲要缝补被暗礁割破的渔网，一坐就是一整天。父亲则动身去"扫网花"，焦头烂额。这些被摊在堤坝上的渔网，"开满"了橙黄色的网花，如同大海里的织锦，明晃晃的一大片。其实，令渔民最为头疼的不是破洞的网眼，而是这些密密麻麻且又顽固的网花，与渔网交织在一起，渗入到每个网眼的纤维里。所谓"网花"，其实就是海里的杂质与草屑混合在一起形成的物质，类似于苔藓之类的。因为渔网长期在海水里浸泡，容易堆积盐分，吸收海里的杂质，再加上海上的漂浮物，例如草屑之类的，也很容易被网入其中，每隔一段时间就得将网拉起，搁在岸边清理干净。长满网花的渔网最是难以清理，网花植入了每个网眼里，总不能挨个儿去戳网眼，只能将渔网从海水里捞出，平铺在堤坝上，让阳光晒干渔网上的水分，蒸发一些盐分，待到网花被晒干，然后用扫帚扫除，拍一下，抖一下，就容易了许多。这就是海岛渔民司空见惯的"扫网花"，自从父亲"解甲归田"，不再讨海之后，家里的几张渔网也出让给了别人，就再也没见过"扫网花"了。

白日里的灯塔是不放光芒的，站在塔下，也有人踩着外层的铁梯拾级而上，从近处看，此时的灯塔与其他的观光小屋别无两样，庞大而不小巧，显得有些粗犷，远没有心中所想的那般诗意与细腻。站在百米之外，灯塔就犹如手指般大小，颇有那番手可摘星辰的感觉。对于灯塔，我没有过多的寄望，只是在黑夜里望见那缕照射于海岸上的光束，心中便有不言而喻的自愈力。黑暗，让无数人恐惧迷惘。而光芒，自始至终是追寻的方向，有光的地方或许就会有希望。

海岛的迷雾去又复返的时候，便已近黄昏，清朗的天空逐渐变得混沌。海雾开始游走于海面，蔓延至青山，浮过岛上的一排排香樟树，仿佛一袭细纱披挂在树枝上，薄如蝉翼，轻如浮云，盈透而细腻。一阵轻柔的春风路过枝头，唤醒蜷缩着的新叶，温婉地将枯竭的叶片带落，枯叶簌然落下，堆积在了路面上，被扫进了簸箕里，运往了垃圾回收站。

春日里，每当路过樟树底，一阵树叶雨急骤落下，树叶哗啦啦地如同落雨一般倾洒下来，落在路人的发梢上，转而被拨落在地上，人从叶片上走过，车轮将其碾碎，春风扫起一簇滚动着的落叶，连带脚边上的尘土，被带出了好远好远。

雾霭沉沉，是海岛春天的常态，烟雨空蒙，缠绕在半山腰，就如同一条青山玉带。雾海茫茫，葳蕤的群山似浮动的岛屿，山岛相连，呈现出一处与世隔绝的世外桃源。

蘸海作画的渔家人

从文化馆的楼道下来，本不亮堂的走廊突然出现了一片光芒，顿时感觉柳暗花明，视野非常开阔。三两人追寻着明亮的彩光，微微抬起下颚，将目光追溯于灯光的源头，几番巡视，一幅大尺寸的渔民画悬挂于楼道的上方。精巧的装裱配以彩光，使得这些画作在璀璨的灯光下异常地引人注目，我仔细地打量着画中渔者讨海归来时的喜悦神态，不禁望而出神。

海岛人历代以打鱼为业，依山傍海，习惯了以浪为枕、听涛入眠的生活。这样的渔村生活，如诗亦如画，少了市井的喧嚣与纷扰，如同一处别有洞天的海外桃源。百岛洞头，有着一百多个大大小小的岛屿，岛上生活着安逸的渔家人。这里山海兼胜，礁美洞幽，犹如百颗明珠撒播在万顷碧波之中，俯瞰这一百多个岛屿，石奇滩佳、鱼丰鸟多，海岛风光旖旎迷人，孕育了无数吃苦耐劳的渔家人。渔家姑娘在海边，唱响的不仅仅是织补渔网，深耕细作的生活，几代下来，甚至成就了许多蘸海作画的渔民画家。

"洞头渔民画"日新月异，近几年来画作更是层出不穷，这些充满着家乡情怀的渔民画家，将自己的内心最为炙热的一面呈现在了画纸上，屡次获得省内外的一致好评。渔民画，作为洞头的一个艺术文化品牌，也经过多年的大浪淘沙，乘风破浪，终被列入洞头区第五批非物质文化遗产名录，呈现了浙南沿海独有的一种美术形式。它的画风与常规画派的艺术表达完全不同，主要以奇特的想象、夸张的造型、艳丽的色彩著称。据说其画法融合了年画、装饰画、水粉画等多个画种的手法，形象地反映了沿海地区渔业生产、海岛渔民生活的寄望与渔村的风俗民情，很大程度上将渔乡风情表现得淋漓尽致。

海洋，是所有沿海地区的共同属性，生养了一代又一代的人。渔民对大海的情感与顾盼，繁衍出了浓郁的海洋文化，将凶险、艰苦的讨海生活，变化成了艺术与乐趣。

渔民画在老一辈人的手中就已经萌芽，真正达到巅峰还是在近两年的时间，随着网络媒体的宣传与推广，渔民画作品崭露新角，成了大众视野中的文化产物。记得十几年前，我还在读高中，那时海岛的渔民画正在蓬勃发展，但画家多数为海岛的渔家人，年纪又大，只有不忙活的时候，才能画上寥寥数笔。他们甚至没有一个专业的画架，不懂得打稿、构图，也没有专业的技法与工具，但他们对于海洋的了解比任何人都深，几十年的海岛生活，如同电影的画面一般活现在了生命的记忆里，他们对于渔民画的描绘，笔触大都纯真、憨厚，没有过多的粉饰与技法，透着民间特有的稚拙美。这些渔民画大都真实、可看，一幅画即是一个故事，仔细品画，就像渔家人在与你诉说着渔家生活，亲切而朴质。

记得有一幅渔民画作品，名为《放生》。"放生节"是洞头的一种文化，更是感恩海洋的一项善举，这幅画作的作者名叫叶爱珠。开始创作的那年，叶爱珠已将近古稀之年。她打小生活在海边，大哥是船老大，所以经常要帮大哥织补渔网。她小学读到了四年级，后来到县医院后勤部门做小工，专门为医院做服装。退休后，身边有姐妹开始画渔民画，也劝她一起学渔民画。她瞪大眼睛一脸惊讶："我哪会画呀，笔怎么拿都不知道！"最后拗不过老姐妹，也跟在后头学。刚开始画，不知道如何下笔，就到菜市场，买来淡菜、蛤蜊、龟足等，一样一样地照着实物画。当她好不容易画下来之后，辅导老师看了却说，太散了，要讲究构图。她不懂什么是构图，既然老师说太散了，那就画得集中一点吧，于是把淡菜画大，形似一条船，其他的贝壳都上了这条船，用瘦长的钉螺做桅杆，再配上五岛连桥。这是她的第一幅画作，参加全县第五届渔民画展，居然得了个三等奖！第二年，又在市里比赛中获得优秀奖。后来又得了金奖，她很受鼓舞，拿起画笔，在渔民画的道路上越走越扎实，成了洞头渔民画的画家之一。

为了能让青年一代继续将渔民画传承下去，高中那年，文化馆开设了免费学渔民画的课堂，那时的文化馆还没搬迁到新馆，处于中心街的文化街，文化街上熙熙攘攘，有出入图书馆借书的年轻人，也有学渔民画的学员，年龄上参差不齐。

"大家有空可以画一幅，还能挣点生活费呢。据说画好一幅画，被征用了还有两百元奖励呢。"一位很有"门道"的同学刚从文化馆回来，扛了一个大画架，提了一箱的水彩颜料，和几张全开的画纸回来，在班级里宣扬着。"只要画渔民画，就送一箱颜料，还能领取一个画架呢。"同学几个听得心中痒痒，平日里喜欢画画，但是家里条件有限，买不起这么一大箱颜料，现在有如此机会，心中不免为其所动。

次日，同学几个就约定去文化馆领颜料，准备画渔民画。画架与颜料领回家后，整个人就瘫坐在椅子上，这哪会画渔民画呀，全是一时兴起，起了贪念。为了能按时交差，就跑到了海岸边去观察浮动的渔船，从涨潮到退潮，从日出到日落，直到被炎热日光鞭笞到睁不开眼，才又跑回了家。经过一个月的反复推敲，完成了一幅《青龙》作品，画面上一只腾空而起的青龙，挥舞着四个尖锐的爪子，身旁紫色祥云萦绕，下方是碧波荡漾的万顷波涛，在浅蓝与深蓝渐变的过渡中，海洋的色泽鲜活而灵动。龙顶金光闪耀，一派祥瑞之气。青龙的周围围绕着数不尽的海鱼与虾蟹，寓意东海祥瑞，渔民生活丰盈富饶。

　　多年之后，我走出了校园，开始为生活而劳碌。那一箱引以为傲的颜料慢慢地干硬缩水了，画板也被藏进了储藏室的某个角落。直到有一天，在温州文博会上，我又重新看到了渔民画，眼前一亮，与当年截然不同的是，这些画作没有一板一眼地呈现在油画框里，而是制成各种服饰、背包与文具。让渔民画不仅仅局限在装饰画的用途上，还能穿起来、戴起来、背起来，真正让洞头文化走出洞头。

　　我于各种渔民画衍生文创产品中，挑了一个白色的帆布包，工作人员给了个优惠价。布包上画着一艘硕大的渔船，色彩斑斓，画风自然朴质，就像老家码头常年停靠的那艘渔船，在岁月中渐渐老去，而渔民画，使它又活了过来。

　　那些在岁月中逝去的场景，也会渐渐地在画中归来。

民谣小调

夏夜里，螽斯引吭高歌，铿锵有力，鸣叫声绵延且冗长，时而高亢洪亮，时而低沉婉转，或如潺潺流水，或如急风骤雨，声调或高或低，或清或哑，使得清凉的夏夜顿时变得热闹了起来。那日从白马古道寻探夜景归来，从栈道缓缓而下，路过村庄，螽斯的声音从四面八方而来，却寻不到它的藏身之处。隐约中耳畔吹过一阵清风，从不远处传来了一缕沧桑的声音，漂浮在月色中，侧耳倾听，原来是洞头的民谣小调，唱得这般婉转动听。

"月亮月光光，起厝田中央，骑白马，过中堂，中宫新，娘仔来起宫。起宫吃不饱，抓来做纱架，纱架不绞纱，抓来做竹叉，竹叉不叉草，抓来做畚斗……"唱民谣的是一位华发苍颜的老人，倚靠在一棵苍翠的老槐树下，树下皆是四方方的椅子，正好将老槐树围在其中。老人的身旁坐着一个年幼的孩子，许是老人的孙子，孩子侧身坐在老人的膝盖上，老人用右手臂将孩子环抱在她的怀里，左手拿着一把泛黄的蒲扇，边唱着洞头民谣，边摇晃着蒲扇，其余的人静坐在一旁，手心相对，轻轻地打着节奏，不时传来和谐的欢笑声。见民谣如此好听，从台阶下来，我们就停止了步伐，想听听老人再用闽南话唱民谣，最后是听得兴尽而归，虽然平日里习惯说着闽南语，但是用闽南小调唱出来却有些难了，除了老一辈的人，这唱功或许要濒临失传了。

　　说起洞头民谣，这要追溯到源远流长的闽南文化。洞头人讲闽南语的先祖，有近一半分别来自泉州及所辖的惠安、晋江、南安、永春、石狮等地。最早迁来的在康熙年间，最多的是在清代增设玉环厅之后的乾隆年间。一首在洞头流传了数百年《乞鸟歌》，蕴含着浓浓的泉州情愫："乞鸟乞溜溜，你翁去泉州。泉州好所在，爱去不爱来。娘呀娘，不要哭，十日八日就会到，头帆拔起呼呼吼，二帆拔起到宫口。鱼盐一布袋，鳗鲞几十尾，哥呀寄来阿娘配。叫你勤心做家务，不要整日想别处。"这首朗朗上口的闽南歌谣，充斥着浓浓的思念之情。在二十世纪六七十年代，洞头人以讨海捕鱼为生，常常去往福建的海域捕鱼，这一去就是三五个月，甚至是半年之久。由于"海上丝绸之路"的开辟，泉州是远近闻名的贸易大港，成了多数洞头人的向往，这些怀着"赚大钱"梦想的洞头人，纷纷南下"淘金"。而这首歌谣中描述的就是丈夫长期在泉州谋生，妻子思念不已的情景。窗外传来叽叽喳喳的喜鹊声，勾起了思念之情。妻子一算日子，丈夫在外讨海已经很长时间了，却一直没有音信，心想着恐怕泉州是个很好的地方，他去了就不想回来了。后面的句子转向安慰，示意妇人不要烦愁不要啼哭，从泉州来的双帆大船，过个十天八天就归港了。可是当渔船到了埠头，妇人却不见日夜思念的亲人。只捎了一布袋的鱼盐，十几条的鳗鱼干给少妇当作配菜。虽然丈夫没有随船回来，不过，却寄来货物捎来话，表明他仍心系家人，关心妻子的饮食起居，也堪安慰呀！

这些娓娓阐述着海岛渔民生活写照的民谣，有着浓郁的地方韵味。闽南语作为洞头本岛大多数村庄的母语，为洞头地方文化增添一抹色彩，形成了独具特色的洞头话，而大多数的洞头民谣以及风情民俗也是根据闽南文化迁移过来的。前些日子，突然很想听《乞鸟歌》的曲子，去音乐软件上搜寻了一番，却显示无此歌曲。转而去百度上搜索，出现了"洞头民歌《乞鸟歌》"的标题，点进去播放，一曲熟悉的韵律响起，歌曲中的唱腔正是闽南语中的洞头话腔调，由洞头本岛的歌唱家演唱，聆听之余，有种异地见老乡的感觉。听到曲子高潮的部分，突然间感觉眼眶一热，顿时潸然泪下。一首歌曲在感染人的同时，更能引发共鸣。它唤起了听者对家乡生活的点滴记忆，这些沉淀在久远岁月里的记忆，如同身体里的血液一般，沸腾了起来。

　　在洞头，这样的闽南歌谣还有很多。这些民谣小调大都被谱写成了民歌，在街头小巷里广为传唱。或许年轻一代，都听过孙燕姿的《天黑黑》，前两句就是以闽南话开腔，"天黑黑，欲落雨"，这两句歌词就来自闽南歌谣里的《天黑黑》，小时候，奶奶常唱与我听。"天黑黑，欲落雨，阿公仔拿锄头去掘芋，掘呀掘，掘仔掘，掘着一尾旋留鼓（鲤鱼），依呀嘎都真正趣味，阿公要煮咸，阿嬷要煮淡，二人相打弄破锅，依呀嘎哎咚起咚呛。"洞头的所有闽南歌谣中，这首最是耳熟能详，下至五六岁的孩童，上至七八十岁的老人，大都唱得滚瓜烂熟。诙谐、夸张的民谣风格，让人感觉颇有趣味。民谣中的阿公明明拿着锄头是要去掘芋头，无意间却在田里掘到了一条红鲤鱼，喜出望外的老人家幻想着红鲤鱼下锅时的美味，但是与妻子的口味却是大相庭径，阿公吃得咸，喜欢口味重，阿嬷吃得淡点，两人各持己见，谁也不让谁，直到大打出手，将锅都打破了。最后一句更是让整个场面都鲜活了起来，仿佛听见了两人打架时将锅打落在地上的声音。儿时，学会了这首民谣，走到哪里唱到哪里，吃饭时唱，睡觉时唱，就连走路时也魔怔了，停不下来，直到最后耳根子听得不厌其烦，才消停了一段时间。

　　前不久，女儿一放学回家，就开始饶有兴趣地唱起了歌，哼哼唧唧，唱的是什么？不仔细听，还真听不出来，原来是老师新教的洞头民谣《指纹谣》："一螺一得得，二螺走脚皮，三螺有米煮，四螺会吹车，五螺五花妆，六螺米头长，七螺七挖壁，八螺做乞丐，九螺九唵唵，十螺去做官，无螺是簸箕。"五六岁的小孩儿乍一听便觉得新鲜有趣，正逢语言能力发展最为迅速的时期，模仿能力很强，就非常喜欢说闽南语。但喜欢归喜欢，唱得是有几分样子，最大的问题就是口齿不清晰，有种洞头人常说的"曹林呆"，会错了民谣里的意思，念起来颇为诙谐有趣。在洞头众多的民谣中，《指纹谣》较为简单，最适合幼小的孩子学唱。一口气唱完之后，非得掰开自己的手指，仔细地找一找指纹上的螺纹。螺纹是一圈一圈的，圆圆的就是螺，指纹散开来的有缺口的，就是簸箕了。洞头人对于指纹的理解，不亚于看相先生。话说一个螺的人长得很漂亮，眉清目秀，两个螺的人很会走路，乐此不疲，三个螺的人有米下锅，四个螺的人会吹唢呐，五个螺的人很会梳妆打扮，六个螺的人一辈子有饭吃，七个螺的人喜欢挖墙壁，八个螺的人做乞丐，九个螺的人很厉害，十个螺的人去当官，无螺是簸箕，吃喝不愁，富贵有余。从指纹就可以看出一个人的命相，有点趣味，但当然，这是毫无科学依据的。

民谣是一座城市的深情独白，唱响了一代又一代人的眷恋。洞头就像一首民谣，它是大沙岙的潮汐，是半屏山的对望，是仙叠岩的奇峻，是望海楼上的俯瞰，是"海霞人"的故乡。洞头像一曲小调，它是大海里唱不尽的乡愁，是虎皮石房里写不完的欢歌。

造船人

一

在过去，海岛人靠船谋生，以船为家，于风里浪尖驾船讨海，夜以继日，与船有了深厚的感情，如今古木渔船越来越稀少，几乎难觅踪迹，取而代之的是庞大的铁皮渔轮，即使如此，海岛人对于渔船的挚爱与大海的情怀依旧丝毫不减。

需要经历年代的洗礼，才能将渔船的发展历史了然于胸。在初中的时候，曾听老师讲过"胸有成竹"的故事，讲的是北宋画家文同画竹的故事。文同为了画好竹子，不管春夏秋冬、严寒酷暑，长年在竹林里钻来钻去，全神贯注地观察竹子的生长变化，一来二去，文同对于竹子的各种形态都了然于胸，真正做到了胸有成竹。在洞头，有一位几近古稀之年的老人，像文同一样，对洞头的木质渔船了然于胸，俨然是"胸中有渔船"，他就是叶宋顺。

叶叔出生在二十世纪五十年代，是洞头后垄村竹林下的人，家有弟妹五人，在家中排行老大。在他出生的那个年代，村里已经开始创办小学，等到了入学的年纪叶叔就在村里读小学。村子旁边有个造船厂，制造出海的木质渔船。在当时的那个年代，海岛百姓们都在为生计忙碌，鲜少有娱乐生活。年纪尚小的他每天放学都会经过造船厂，看到造船工人在造船，敲敲打打，就在旁边看着，有时看得专注，忘了回家的时间。有时趁着造船的工人不在，就爬进船舱里，学船老大盛气凌人的样子，或是学掌舵手假装在驾驶渔船。一来二去，便与造船厂的工人混得熟识，工人因为识得他，见他爬到船舱里也不驱赶他，有时还耐心地为他介绍造船的一些要领，从那个时候开始，木质渔船渐渐在他心中埋下了一颗种子，睡前的脑海里，都是船木与渔船的影子。

很长一段日子里，上学与去造船厂两不误，因为离家近，只要一有时间，他就去造船厂看工人造船。后来受到"文化大革命"的影响，叶叔读到小学四年级便全面停学了，停学之后，他只得开始务农，持续了一年，又随别人去打工，那时候每天的工钱只有两毛五分。停学三年后，他又转入渔业，当起了渔民，开始漫漫的讨海生活。一艘渔船上除了几位经验丰富的老渔民，还有与他年纪相仿的孩子，因为停学的原因，家人不得不让孩子出门找路子，学一门手艺。就那一次出海的经历，让叶叔终身难忘，人人都知道讨海生活相当艰苦，吃住在渔船上不说，若遇上大风浪，那就是危险重重。在渔船靠近景山海域（方言音译）的时候，一行人遇上了二十年才可能遇见一次的狂风巨浪，除了叶叔所在的船只以及洞头的几艘渔船之外，当时还有十四艘渔船在行驶，却路遇狂风阻拦，船只无法前进，在海上辗转了一个早上，仍无法逆流而上。洞头出发的渔船见此情形，感觉是动不了了，只能原路返回暂到新加仑海岸（方言音译），到新加仑的第二天早上，渔业指挥部发来电报，昨日在景山海域，共有一百二十几艘的渔船沦陷遇难，其中有被俗称为"海山子"的渔船，也有福建的"大排"船。光福建大排渔船就有五六艘，福建大排渔船非常之大，一艘船内可置放七八只的小舢板船，一只小舢板坐有四个人，一艘大渔船上就有三十几号人，几艘下来，就有百来号人了，这些渔轮全军覆没，无一人生还。

见此前所未有的海难，洞头渔船上的人虚惊一场，老渔民继而告诫船内年纪小的成员："这是几十年才一见的大风浪，你个死孩子看到没有，看看讨海人是拿命去拼搏，年纪轻轻，不去读书，干什么讨海？"听了老渔民的话，叶叔后来回到洞头了。当时停办了三年的学校，又开始创办，洞头的中学也逐步建成。家里的人奉劝他再继续读书："讨海不怕没份，读书才是正经事。"说来也是机缘巧合，1968年，初中开始招收学生，家人让他再去读书，然而停了三年学业的他，有些犹豫，时间相隔太久，曾经学过的知识怕是忘得差不多了，唯恐自己考不上。后来在家人的一再鼓励下，他参加入学考试，考得了48分的成绩，本来以为读书无望了，没想到却被招收过去，学校为了能让农村的孩子有书读，便放宽了条件。上了初中的他，学习成绩一直很好，并当上了排长与体育干部，好景不长，由于家庭不堪负担，叶叔最终只在初中读了两个学期便辍学了。辍学之后，再回到渔船上讨海已是不可能的事，大队里已经没了份子。那时候做工都要去村里申请，讨海也不例外。为了能减轻家庭的经济困难，家里的长辈托关系找到了一个木匠师傅，欲让他随木匠师傅学木工手艺，那个年代，洞头老一辈人觉得学一门好手艺，就饿不着。那年叶叔仅19岁，跟随木匠师傅学了一年的手艺便回家自己接活了，由于是家里的老大，便担任起赚钱养家的责任。

在外辗转几十年，他除了在工地里建筑木墙、大理石之外，偶尔还会为装修的人家做木质家具，日复一日，周而复始。直到五年前，一次不经意间的尝试，让他一发不可收拾。那时，他已经 63 岁了，双鬓有些斑白，背也开始驼了。一次在外做工的他，歇工回到洞头老家，他是个闲不住的人，即使不做工，在家里也要找点事情做做，除了满屋子亲力亲为打木质家具之外，他灵光一现找来一块木头，尝试做起了小木船。他开始在心中回想年少时见过的渔船模样，一点一滴在心中复现。只要一回到家中，他就埋头倒腾木头，拼接他的小船。通过数日来的钻研以及他深厚的木工手艺，终于，第一艘木质渔船的船模诞生了，尽管费尽心力，但对于他来说，第一艘渔船总有不尽如人意的地方，不是不对称，就是木料用得薄了或者厚了，不那么形象了。有了第一次的经验，他有些按捺不住，又开始倒腾第二艘船模，这次他选的材料是樟木，樟木有着天然的樟香，用樟木做船模，既能驱除蚊虫，不被腐蚀，放至屋内又有很好的收藏及观赏价值，再适合不过了。洞头虽然广泛种植香樟树，但是能制作船模的却少之又少，他只能从外面购买，这些木材多为成活不了的，或者枯萎的绿化退下来的，不仅价格便宜，木质也是相当不错。每当歇工在家，他就在三楼的小房间里削木头，做渔船，因为年纪越来越大，伴随着老花眼，他只能带上老花镜，用锯子锯木头，用刨子刨木头，有时候要拿铲刀用锤子将木片一锤一锤地打薄，屋子里的木头堆积如山，木屑满天飞。

说到他与船模的故事，叶叔显得有些激动，此时的他显然有些迫不及待地想让人知道他在做船模，他在传承洞头的渔业文化。一开始，他只是将做船模当作茶余饭后的一种兴趣，但是这种手艺活儿一开始就再也停不下来，兴趣愈发地高涨。在得到少数人的欣赏与赞许之后，他开始想让更多的人知道洞头木质渔船的发展，以及他是如何自造自研船模的。在叶叔的家中，我们看到几艘大小不一的船模被置放在木板上，这些船模的类型不同，名称各异，但多小巧而精致。叶叔拿起一艘土名为"海山子"的半成品的船模，船底已经造好，船舱尚未造成，这艘半成品的船模有点像海岛常见的小舢板船。小舢板船我是最为熟悉的，我的祖辈历代以讨海为生，早些年父亲又种植紫菜，小舢板船就像代步船一样，既小巧又轻盈。每当父亲划着小舢板去海上查看紫菜的长势，我都会坐在船中央，有一次随着海浪的翻滚与父亲不断划动船桨，我开始眩晕，从那时我便知道自己会晕船，自此之后，我就少有跟随父亲去泛舟海上了。

记得儿时，家里有一艘小舢板船，船身漆有红色的油漆，听父亲说，漆上油漆，不仅能将自家的船与别人家的进行区分，还能让木质渔船少被虫蚁侵蚀，起到一个保护层的作用。我对于小舢板的情感，就如同对家里的兄弟姐妹一样。每当退潮的时候，小舢板就停泊在岸边的滩涂上，被一条大拇指般粗的绳子系在了岸上的铁柱上，搬来岸边的大石块，铺在滩涂上，踩着石块就能爬到小舢板上。有时候，石块也并不好用，猝不及防地陷进了滩涂里，使得鞋子也被海泥吞了进去，只得将裤脚挽到膝盖上使劲儿地将脚拔出，去岸边的水渠里洗净了脚，再重新搬来石块，开辟新路。整个童年里，我对于哪处滩涂的深浅都非常清楚。爬到小舢板上，拿着船桨，假装划船，这是儿时乐此不疲、屡试不爽的游戏。

触景生情，借着叶叔滔滔不绝的介绍，我的思绪飞到了九霄云外，这艘精致的"海山子"，还原了大型渔船的模样，麻雀虽小五脏俱全，与真实的渔船别无两样。谈到制造的过程，叶叔更加激情澎湃，颇有自信地介绍，对于每一根木头，他都自己亲手削制，船底的那根龙骨尤为重要，龙骨是全船的主心骨，起到了参照与对称的作用。龙骨完成之后，就要拼造船底，以此为中心，两边的底板都是用一根一根的木条拼进去的，木条大小要相同，两边的船底要对称均衡，但由于渔船是呈弧线向两边延伸的，木条不可能呈水平直线，所以就得压弯木条，但是木头本身的柔韧性比较差，怎么才能折弯呢？只得将木条削得又薄又细，如此，木条就极其容易断裂，掰成弧形时要极为小心细致，每拼一根都要涂上胶水，让船底更加密实。除了龙骨之外，舭龙骨也极为重要，主要分布在船底的两边，起到一个船只平衡的作用，在海面行驶时，船只就不易颠簸，更加平稳。

随后又听叶叔讲起了洞头渔船的发展历史，从小型的乌篷船逐步发展为小白底船、小钓船、拖乌贼船、捕捞渔船等，从没有"船眼睛"到有"船眼睛"。生活在海边的渔民常会给自己的木质渔船的船头两侧安有一对黑白分明的船眼，渔民把船眼叫作"龙目"，船眼的产生，也反映了渔业生产、渔村生活的习俗。船的眼睛在渔民眼里有很高的地位，不仅制作用料来不得丝毫差池，而且船眼根据船只大小制作定型后，不是说钉到船上便可钉上的，要讲阴阳五行。这些木质船模上的渔船眼睛，圆润而形象，也是用樟木削制出来的，炯炯有神。船眼睛虽为渔船的一种装饰，但在渔民们的心中，船有了船眼睛，可保佑渔船行驶平安，捕鱼顺当。

这些木质渔船代表着洞头渔业的发展，是海岛百姓们生活水平欣欣向荣的见证。作为土生土长的海岛人，这些早期铸造的木质渔船我已经极少看见了，对于渔船发展的历史更是一无所知，在与叶叔的攀谈之中，历史的画面仿佛在眼前闪现而过，在心中印下了一个深深的痕迹。木质渔船逐渐在人们的视野中消失，从历史的舞台隐退了，但又在叶宋顺的手中复活了。这位一辈子都没有亲手造过船的木匠，奇迹般地将木质渔船的记忆呈现在了船模上，让人着实一惊，不禁感叹高手在民间。

渔船本是海岛的一种物质象征，但通过百年来的演变，逐渐成为了海岛人的精神象征。除了是渔民们赖以生存的讨海的工具，也是精神上的寄托。通过这些精致的船模，可以看见海岛祖辈们讨海的艰辛与不易，一代匠人的坚守，延续了海岛造船的技术，同时也延续着洞头海岛关于渔船的历史记忆。

二

洞头捕捞历史悠久，渔船发展也历经了近百年的演变。从乌篷船、小帆板，到中帆板、大帆板，再到打网船、双桅木船、机帆船时代，经过一代又一代的更新，最终演变为现代化的机械船。鼎盛时期的洞头，各类渔船曾达到数百艘。

由于渔业发展的实际需要，洞头的造船修船发展较早，不过由于当时物资比较贫乏，只能建造小型的船只和进行一般性的维修。据《洞头县志》记载，清朝末年至民国初年，洞头还只能造一些吨位20以下的木质小船。早年前，洞头本岛有两处造船厂，一处在当时的后垄村，为现在诚意药业的位置，另一处为凸垄底村海岸边，外岛的大门与鹿西都分别有各自的船只修造厂。由于渔业技术的发展，后垄村的修造厂已经没有了，本岛唯剩下凸垄底的那一处渔船维修厂。

以前的渔船修造大都是手工进行，所用的工具大都比较原始，而且较大。锯子在当时就是其中尤为重要的工具，这种锯子与渔民家用的锯子大小有所不一样，造船用的锯子大上好多，足有一个成人高。开工时需要搭建起高大的木马，一个人站在木马上头，另一人半蹲在地上，两人合力上下拉动锯子，才能将粗大的木料分解成造船的木板，这是一项重体力活。除锯子之外，还有木质的手钻。以往的科技并不发达，造船用的工具通常都是自制的手动的，观其形，是用竹子制成。劈开竹节的一头，削成半尖形的圆头，在劈开的缝隙里插上一把铁针，用一小块圆形的铁环锁住，不仅能将铁针牢牢地固定在竹头上，拨动铁环还能调节铁针的长短。另一头的竹口就用圆润的木头塞入，用稍大一点的铁环扣住。再与一截竹节交叉用绳子固定在一起，使用时需要借人力，才能达到钻木的作用。

这些古老的造船工具，在现在已经不多见了，取而代之的是高效的、自动的高科技装备，古老的物件渐渐淡出了海岛人的视域，如同朴质、粗犷的海岛渔民，一代代地湮没在岁月里。

时过境迁，造船人那双敏锐的双眼渐渐变得模糊，智慧的头脑开始迟钝，麻利的双手也止不住颤抖，直到再也拿不起锯子，搬不动一块木材。年轻时，他们就如同木船上的桅杆，撑着船帆迎风向上，暮年之后，弓着背脊，再也立不起腰身，又像极了搁浅在海滩上的木船，腐朽了的船身，望着不远处的汪洋大海，再也无法扬起风帆，乘风破浪。

前不久，为了寻觅为数不多的造船人的身影，我只身前往凸垄底造船厂，将车子停在岩海山居的停车场，沿着环岛公路徒步走到造船厂，实际上停车场到造船厂的距离并不远，只有短短数十米，恰好在马路边上。远远就能看见挺立着的渔轮的桅杆。走近大门，两扇绿色的铁门敞开着，无数次经过这里，却还是第一次进来。门柱子上贴着一方告示："生产车间，谢绝参观。"犹豫了一会儿，还是迈起步伐走了进去。一眼望去，几艘庞大的渔轮并排停放着，这些渔船皆已是机械式的铁皮大渔轮，头一艘被架起的红色渔轮，船底脱落了大片的油漆，裸露出黑褐色的斑驳的锈迹，船下放置着一个移动脚手架，兴许是用来刷油漆用的。继续向前走去，六艘刷成红底蓝身的大渔轮整齐地排放着，周围充斥着浓浓的油漆味儿，敢情是近日刚刷上去不久，船尾方向朝向大海，每一艘船底下都装有螺旋桨，四扇叶片，能想象出它在海里行驶时迅速转动，推动船只快速前进的画面。

由于地处海畔，造船厂与岸边的岩石上围砌着一整面围墙，围墙不高，倚之就能看见大海，围墙上放着几个退换下来的螺旋桨，生满了铁锈。这些个儿螺旋桨长期浸泡在海水里，铁层表面凸起了类似于小水泡似的疙瘩，轻轻触碰，铁屑就掉了下来。望着这些被架高的庞大的渔船，我的心底掠过一丝的疑惑，铁皮船如此之大，而且船不像车子，底下没了轮子，都是怎么上岸的呢？船底下的石桩又是怎么垫上去的？百思不得其解。沿着并排的渔轮走去，走到围墙的尽头，从围墙探出头去，我看见了一处类似于埠头的地方，但又与埠头不尽相同，另一边墙壁上漆有一道白漆，白漆上画着刻度，有四米之高。这道标尺，或许是用来测量滑道水位的，抑或是渔船上岸时测量船身的高度，每一处角落里，都有它的玄机，隐藏着海岛人的智慧。

我似乎明白了什么，渔船可能就是从这里上岸的，这条宽敞的水道，用水泥铺砌得非常平坦，并微微倾斜。水泥道上有几条铁轨，从海里的那头延伸到围墙之内，这些渔船兴许就是沿着铁轨上了岸。为了证实心中的猜想，正巧碰到一位工作人员站在围墙上巡视，这位老师傅看起来大约六十岁的样子，我唤住了他，并向他请教渔船上岸的问题，老伯也很热心与我解释了一番。原来还有一种与渔船一般大小的滑板，当渔船在滑道口的时候，趁着海水的浮力，可将滑板放置在轨道上，借着渔船在海面上浮动，将滑板深入到船底，并进行固定，开启电力装置，然后沿着这条滑道将渔船拉往岸上。

　　渔船上了岸之后，还需要经过多次的推动调整好位置，排列整齐。由于船底要维修、上漆，所以要用石桩垫高，这时就需要用上机械设备——千斤顶，利用底部托爪起重将渔船架高，再在船底放上石桩，垫上一些石块。船底至船身有一条刻度，被称为吃水线，用来读取船舶吃水深度，也就是船底离水面的距离。和船中船尾的两舷标尺共同构成船舶的六面吃水，以此可以判断船舶载重情况和拱垂情况。随着老伯的一番话，我顿时觉得云开见月明，豁然开朗了起来。

　　在造船厂内来回踱步，整个场域虽然不大，但大渔轮却有不少，临近山间，停泊着两艘苍南的大渔船，这两艘渔船有三层之高，上面两层围着铁栏杆，依稀可以看见工作人员在上面忙碌的身影。滑道边有一艘小型的载客船，名为"青山岛号"，这艘客船我曾坐过，就在两个月前去往青山岛采风时。除此之外还有武汉海观山18号大渔轮，还有一些来自各个省市海域的渔轮。耳畔不时传来周围施工的声音——有电焊焊接时发出的刺耳声，火花四溅；有油漆滚筒刷与铁皮船身摩擦声；还有各种敲击捶打的声音。这些伤痕累累的渔船，正在修缮一新，改变原来陈旧的样貌。

离开造船厂的时候，隐约中还能听到里头传来的施工的声音，是钢铁相触的敲击声。嘈杂声相拥着海浪，平静中又有什么在涌动着。造船厂如今是维修厂，是铁皮渔船的集中营。这些大船成了时代的海上主流，它们从远洋而来，于此修缮，又从此出发，像来时一样，又随着那条滑道，滑向海里，驶向更为广阔的汪洋大海。

遗憾的是，造船厂内再无木质渔船的身影。

大鱼与大愚

本想就此收尾，因为觉得要写的内容，要说的话，已经全都写进了书稿里。曾经一度到了词穷与崩溃的边缘，但最终还是与自己妥协，决定写上后记。所以，思绪这个东西，总会使你在百感交集之后，又动荡你的决定。

幸好还有足够的时间，所以不是匆忙间的执笔，不至于慌忙收尾，留有遗憾。在决定写后记之后，我一直在思考，我要写些什么？我还能写些什么？是对整部文稿的总结，还是依附性的描述？总感觉太肤浅，不够深刻。所以，写写停停，搁置好久，才又重新拾笔。我想，应该还有言之不尽、言之未尽的地方。

或许有人会觉得奇怪，既然是后记，为什么还附上一个奇怪的名字。其实，在写后记之前，《大鱼与大愚》本要作为一篇文章写进书稿里，因为感觉这个名字很有深意，想抓住借以表达多年来在海岛生活的一些情感，但写着写着，最终发现内容定位有些偏颇，又觉得空洞，缺少了血肉与灵魂。在感觉自己无法掌握方向之后，几番思索，最终还是决定以之作为后记，漫谈自己近几年的写作状态，平定心中的波澜，于千丝万缕中明晰头绪。

作为一个个土生土长的海岛人，居住在洞头整整三十年，心中积攒了很多依恋的情怀，无法割舍，甚至无法释怀，这种情感是非常深刻的，但又很微妙。2007年9月，我去金华求学，坐上老式的绿皮火车，这是我人生第一次出远门，也是第一次坐火车。那时是在母亲的陪同下，由于人生地不熟，提前在家中准备好了被褥、衣物，以及生活用品，大包小包用编织袋装好，赶火车时，将编织袋扛在了肩上，在茫茫的人海里穿梭。望着拥挤的人群涌动不息，前方的路一切未知，这是我第一次在茫茫人海之中感觉到彷徨与茫然。这些不断攒动的人影在上了火车之后，各自去到了不同的地方。好不容易挤上了火车找到自己的座位号，唯一值得庆幸的是能临窗而坐，仿佛能让心更接近光明。那时老式的火车车窗是可以打开的，将视线朝向窗外，可以看到轨道上的枕木随着火车的移动，从清晰到模糊。还是有所期待，期待这辆火车将带我去向什么地方，心中甚至有些过于兴奋。等到沉下心来之时，疲惫与狼狈接踵而来，随之压倒了满怀的憧憬，这是第一次出远门的场景，不像是外出求学的学子，倒像是逃难的难民，心中五味杂陈，难以言说。去学校报到之后，母亲便返程了。而我的心却没有一刻安定下来，每当在学校操场上听到旁边的火车从轨道上疾驰而过，我就燃起了回家的念头，这个想法越来越强烈，以至于食无味，夜难寐。在百般挣扎之后，我选择了退学回乡。

记得《逍遥游》里有一句话令我印象非常深刻："北冥有鱼，其名为鲲。鲲之大，不知其几千里也，化而为鸟，其名为鹏。鹏之背，不知其几千里也，怒而飞，其翼若垂天之云。"我曾切实地感觉到自己就像是一条鱼，生活在东海里的一条鱼。虽不能化而为鸟，也没有傲人的羽翼做到怒而飞，但到底还是潜在了水里悠然自得了一番。百般挣扎之后，我还是选择回来做一条鱼。

虽然，"大鱼"与"大愚"只有一字之差，但却是两个完全不同的寓意。小时候读《愚公移山》，看似大愚的愚公，其实是个不安于现状的人，那种坚韧不拔，一旦开始就锲而不舍的精神其实是无穷之大的。随着年岁的增加，我愈发觉得自己与愚公有点相像，一旦决定的事情，不管如何荆棘丛生，也都会坚定不移去完成。从小到大，我并不是一个很聪明的孩子，在很多时候我需要比别人付出多倍的时间与努力，才能赶上他们的步伐。所以，打小我就知道天道酬勤，勤能补拙。父亲从未上过学，母亲小学没有毕业，在教育上，他们无法给予我太多的支持与帮助。在二十世纪九十年代里，温饱仍是迫切需要解决的问题，所以一心扑在生计上的父母只能保证有饭可吃，有衣可穿的物质条件，其他的，借他们的话来说，只能看孩子是否是读书的那块料了。

开始写作的时候是在高中时代，那时刚从金华转学回来，父母托人找到一位老师，通过这位老师的介绍与担保才进的本地一所职校就读，由于是插班生，在班级里时常形单影只，独来独往持续了很长一段时间。正因为如此，我将更多的时间花在了写作上，那时并非真正意义上的写作，不为写而写，只是在陌生环境里寻找依托与宣泄情感。恰逢QQ软件的流行，很多人热衷于在空间上写日志，而我，在周围人的影响之下，也开始写起了日志，那时家里没有电脑，怎么办呢？学校有信息技术课，一有空闲的时间，就投机取巧挂QQ，写日志，还有就是去同学家，甚至去过网吧。别人去网吧都是打游戏，而我就是拼命地写日志。通过几年的积累，我的空间也有了百来篇的日志，记录了几年来点滴的回忆。幸好还有记录的习惯，在多年之后，我还能拾起这些片段的记忆，对于漫漫长路，还有回头瞭望的机会。后来，准备出散文集了，便从里选取了几篇日志，整理成了散文，刚好在第一本散文集《秋色》中出版了。

在学生时代，对于写作没有很深的见地，也不知道写作真正的意义是什么。只是安静的性格促使我养成了阅读的习惯，有时候，读进脑子里的书，真的会影响一个人的思想及价值观。那时，家里生活拮据，学校与家里的路途比较远，为了避免来回奔波，就在学校住宿，母亲每周给我五十块钱的伙食费，除去每天一日三餐的餐钱，一周下来已是所剩无几。为了能买上几本书籍，当室友去食堂吃饭，我就躲在宿舍里啃五毛钱一个的白面包，偷偷地将伙食费积攒了下来，虽然这个过程是极为艰辛的，看着同学喝着饮料，吃着零食，作为一名学生也曾无比羡慕。但咬紧牙关，一忍也便过去了。

高二是我整个写作生涯的起点，我开始站在起跑线上，平日里除了坚持写日志外，慢慢接触学校的各类征文比赛。写征文并非我主动的，自愿的，当时的情况是十分被动的，但就是这个被动的机会，让我与文字结了缘。当时学校任务下达到各个班级，由于班里没有一个人愿意去写，临近上交的日期，最终责任鬼使神差般地落到了我的身上，为了不使班级因为交不出征文而被扣分，所以我硬着头皮在文字里摸爬滚打，承担起了这个任务。

当我的第一篇征文获得县级一等奖的时候，成就感逐渐点燃了我心中写作的火焰。后来，包揽班级里征文比赛成了我理所应当的任务了。但在当时，我的内心是无比彷徨的，因为这时的写作并非出于本心，尽管如此，我并没有，也无法跳出这个被枷锁的框架，以至于后来的一段时间，我也只能停留在低吟浅唱、轻描淡写的层面上了。后来，可能是参赛的次数多了，屡有获奖，我被同窗认定为是有写作天赋的人。当时负责校刊编辑的雅梅老师找到了我，想让我在校刊《叶子·花》上发表一组个人专栏。《叶子·花》在洞头当时为数不多的校刊中，还是比较有分量的一本，而"叶子花"又恰是洞头县的县花，学名为三角梅，能在这样的校刊上发一辑专栏，是多少学子梦寐以求的。只记得当时我很忐忑，默应了雅梅老师的要求。之后几天就是写稿、改稿，直到校刊的印刷，为此，雅梅老师还特地赠我一本留作纪念。

整个高中时期，并没有那么任务繁重，倒是有几许清闲。平日里，除了花些时间应对考试之外，剩余的时间，大都被我用来阅读，学校里的藏书不少，但被我需要的却为数不多。在那个花季时期，周围的很多同学都在看言情小说，一本接一本，没日没夜地看。而我是极少看言情小说的，因为觉得太过于浮夸，不真实。虽然不看言情，但在那个爱幻想的年纪，对于爱情还是有所憧憬。某一日，脑洞大开，我开始写言情小说，这一写就收不住了，一连写了三部，当时没有条件用电脑写作，就去文具店买来笔记本写，那时候的笔记本便宜，大约两块钱一本，页数很多，够写几万字。课余时间，放学回来，没日没夜地写，一笔一画，一个字一个字地写，一部小说写完，大约要用掉三本厚厚的笔记本，写完之后，怕混淆笔记本的顺序，便在封面上进行编序。完成一部，同学之间便相互传看，慢慢地，也积累了小范围的粉丝，有人看，有人喜欢看，成了我继续写下去的动力。

直到后来，专科毕业那天，洞头下了一场很大的雪，那年正准备去实习，母亲给我了一千多块，我买了一台二手的清华同方笔记本电脑。后来由于升学就业的压力，很长一段时间，大概有四年，我没有继续写作。2017年，我被查出甲状腺结节，这是海岛人的一种常见病。为了防止结节变大，每隔半年，就得去医院做一次甲状腺B超，直到2018年的8月，突如其来的结果打破了原本平静的状态，当我再去医院复查的时候，被医生告知结节增大，须得再做穿刺检查。一周以后，结果下来，化验单上诊断为滤泡性肿瘤。当时对于"肿瘤"这个词眼没有太多的概念，但是就是觉得害怕，作为一个年轻的妈妈，不敢轻易生病。为了不让肿瘤形成癌症，必须要马上进行手术，这是医生提出的建议。当天下午，我独自去住院部登记，预约次日的住院安排。怀着忐忑的心情坐上了回家的车，我甚至来不及考虑，明天，或许下一秒，又会被告知一个怎样的结果，这是人生中第一次的无奈与措手不及。

　　回家之后收拾了简单的衣服，便早早地陪女儿躺在床上，那天晚上一夜未眠。次日早上，带上衣物，打了辆车去了医院。先生出差在外，无法及时回来，手术时间定在了第二天早上。做好了术前的一系列检查，躺在病床上，望着天花板，突然间感觉时间静止了，好久没有那么清闲能抬头看看天空中的云卷云舒。第二天早上，穿好手术衣，摘除了身上的一切饰物，突然感觉浑身轻松，没有生活的琐碎，就像来时的两袖清风，什么也没有。在手术等待区的时候，我能感觉到自己是紧张的，这种紧张不仅仅来源于全然陌生的环境，还因为一切都是未知数。被推进手术室的时候，我反而有些释然，仿佛一切不确定的因素能尽快尘埃落定。生平第一次进手术室，印象里最为深刻的是那几盏像大锅一样的手术灯，明晃晃的，让人简直睁不开眼睛。就在思绪混乱的时候，麻醉师进来了，开始准备麻醉，他拿来了一个面罩一样的东西戴在我的口鼻上，让我用力吸气。麻醉药通过鼻腔进入到我的身体里，我的头开始沉重，慢慢地昏沉，突然间仿佛是从高空坠入大海，身体越来越疲乏，直到失去知觉。等到醒来的时候，手术已经做好了，在复苏室里醒来，萎靡的精神状态像是死里逃生一般，如同在茫茫的大海里抓住一块浮木，然后拼尽全力游到岸边来。术后的几天里，刀口的血水通过罐子顺流到小瓶子里。伤口没有很疼，只是被插着管子人动弹不得。

有人说，人生中最幸福的八个瞬间就是：大病初愈、久别重逢、失而复得、虚惊一场、不期而遇、如约而至、不言而喻、来日可期。虽然小病无碍，但是每每看到那一条刀疤，就更为警醒。总感觉时间过得飞快，生命不断在流逝，总想抓住点什么，却如同指缝间的流沙一般随风飘洒。术后的日子并不好过，由于声带受损，请假了半年在家中休养，这段时间，我就像失声的人，无法说上一句话，前前后后奔赴上海寻医问药数次，最终才逐渐恢复。

时隔一年，我的声带已经恢复了正常，我开始意识到了什么。是记忆，是生命中的记忆，虽然部分记忆会随着时间而沉淀在脑海里，但是大部分的，都会随之流逝而消失。就像一位作家所说的："不及时抓住灵感，它会在懒惰中遁逃得无影无踪。"然而写作，是一个很好的实现，它能定格回忆，捕捉瞬间。我开始有意识要写作，只因为想留下点什么，给我的孩子，或者是给晚年之后的自己，或许有一天，我会完全不记得周围的人，甚至是自己，我是否还能通过留下的文字，找回一些流失的回忆。这个想法，在术后的一段时间里，愈发地强烈，我感觉自己必须去做，且要马上去做，刻不容缓。

2019 年 2 月，一个很好的契机，通过同行香琴老师的推荐，我有幸加入了一直以来想加入的洞头海霞女子散文社，开始了漫漫的散文创作。2020 年 8 月，我出版了第一本散文集《秋色》，我想，这正是我人生的一个起点，一个真正意义上写作的起点。这里我要感谢香琴老师的举荐，让我能在这个文艺圈子里继续做自己喜欢做的事，感谢洞头海霞女子散文社的姐妹们，在我迷茫的时候能够为我指点迷津，在散文创作的遥远路途上能与你们并肩同行。同时要感谢文联几位主席的支持与帮助，感恩洞头作家协会主席施立松老师在我散文创作时的鼓励与鞭策，使我能继续坚持，保持写作的良好状态。

在这次将选题申报表提交之后，诗人余退老师曾建议我更换一下书名，觉得这个书名还可以取得更好，希望我再斟酌一下，我与他解释了一番。《七月既望》并非凭空想象得来的，对于我来说是独具意义的。读过苏轼《赤壁赋》的友人或许都知道，"七月既望"正是取之开篇的第二句。很多人喜欢苏轼，我就是其中之一。苏轼在中国文学史上有着很高的文学地位，他的才情及影响力众所周知。

有一段时间醉心于赵孟頫《赤壁赋》的行楷临摹，力求将古人的笔韵临写尽致，解读全赋中的文学精髓，通过笔墨流淌，感受苏轼矢志不渝的情怀，以此作为我写作之路的精神的支持。另外我与"七月"有着不解之缘，我出生在七月，七月作为我人生的一个起点，也必将是一个转折点。然而，七月给人感觉又是一个如火如荼的月份，我希望在写作的过程中能保持高涨的热情及奋斗力。《诗经·豳风·七月》曰："七月流火，九月授衣。"七月就是非常热烈且又煎熬的，诗经里的《七月》，全赋围绕着一个"苦"字，按照季节的先后，从年初写到年终。我想这正是人这一生所要经历的，从一个写作者的角度出发，不仅要写下生活中所遇的美好之事，也要善于洞察生活之苦，还原生活中的本真。

洞头是我的出生地，我的家乡，我对它有着太多眷恋的情感。我非常热爱这片土地，以至于不能自拔。所以，我想通过温柔、简单的笔触，去记录家乡美好的事物及日常的生活，作为我此生的记忆留痕以及对家乡点滴的回馈。恰逢辛丑七月，我三十岁的生辰，古人说"三十而立"，而此书的出版将非常具有意义。谨以此书献给我挚爱的家乡洞头，也作为自己生辰之礼。在此感谢著名作家耿立老师为此书作序，此序文字字珠玑，使我受益良多，自当感怀于心。

2021 年 3 月于洞头海天佳境